I0669551

www.ingramcontent.com/pod-product-compliance
Lightning Source LLC
Chambersburg PA
CBHW021221260626
47172CB00002B/540
9781961420182

أبنـاء النجـوم

حسـين ورور

المخطوط: 2020-2021م

عدد الصفحات: 194

الطبعة الأولى: 2024

الناشر: الخيّاط

جميـع الحقـوق محفوظـة

ISBN: 978-1-96142-018-2

KHAYAT
Publishing

Washington, DC
United States
+1 7712221001
info@khayatpublishing.com
www.khayapublishing.com

أبناء النجوم

حسين ورور

أبناء النجوم

رواية

[1]

«يعتقد الكثيرون أنّ حكايات الماضي قد اندثرت، وهي في الحقيقة حكايات كلّ العصور!»

قبل أن يخرج الخليفة المأمون إلى بلاد الروم، وقع اختيار كهنة حرّان على الشاب طيبا، ليتنبأ ويكشف لهم ما يمكن أن يحدث في الأيّام المقبلة، ذلك بعد أن علموا من تاجر بغداديّ أنّ كتائب من جيش العبّاسيّين ترافق الخليفة، ستمرّ من منطقة حرّان، وهي في طريقها إلى بلاد الروم؛ إنّما لم يحدّد الوقت الذي سيمرّ فيه تماماً.

لم يكن اختيار كهنة حرّان لطيبا ليكون المتنبّئ المحتفى به ذاك العام، في أهمّ طقوس الحرّانيّين (الرأس بالزيت) بالأمر السهل؛ وكالعادة سيستمر وضع طيبا في الزيت، إلى المرحلة التي يُفصل رأسه عن بدنه، ويشرع هذا الرأس بالتنبّؤ لما سيحدث في الأيّام المقبلة من الزمن؛ فهو أوّلاً سليل أسرة ملكيّة، ويحمل اسم جدٍّ قديم له كان من كبار الكهنة،

واستطاع أن يجعل من ولده عمروس حاكماً على بلاد حرّان، وفي عهده كانت البلاد تعيش في منتهى الرخاء، والسلام. عدا عن كلّ هذا، كان يتّصف ببعد النظر، ويعرف الشخص العطارديّ، الذي سيضحّى به، ويكون للزيت، بمجرد ذكر أوصافه، من دون أن يراه. وحكاية الزيت هذه هي إحدى طقوس الحرّانيّين المقدّسة، والمؤلمة في آن، وتفاصيلها تبعث على رعب من لا يؤمن بها، وهي عندهم عاديّة جدّاً، وتتحقّق فيها متعة مشاهدة شخص ينحلّ جسده المنقوع في الزيت، وتتفكّك مفاصله، ويلاقي من الحسد بهذه النعمة المباركة، التي حظي بها، ما يبعث على الدهشة؛ والعبرة فيما يقوله هذا الشخص، الذي وقع عليه الاختيار، من نبوءات يستهدي بها الحرّانيّون، في أيّامهم القادمة. تلك السنة وقع اختيارهم على طيبا.

اختيارهم لطيبا أيضاً لم يكن عبثاً؛ لقد كانت ولادته أشبه بمعجزة بالنسبة إليهم، وإلى إيمانهم، وتقاليدهم. وُلد بمباركة الربّ الأعمى، الذي يخافونه، ويحسبون له ألف حساب، وهو ربّ شرّير حضر مصادفة، ذلك اليوم، وبيده حفنة تراب نثرها في المكان، لتدبّ الروح العطارديّة في جسد طيبا، انتقاماً من أسلافه، الذين كانوا يعادونه.

الكلّ يعلم أن إلقاء القبض على طيبا ليس سهلاً، مثلما هو ليس سهلاً على من تقع العين عليه ليكون في الزيت، ويخبرهم عمّا سيحدث في المستقبل، من خلال ما سيتنبّأ به،

حين يستوفي الزيت والبورق فعلهما فيه. فلا بدّ من التحايل عليه، وأخذه غيلة، من خلال نصب كمين محكم له، ليتمّ إلقاء القبض عليه.

ألقي القبض على طيبا بسهولة، بعد أن وشت به إحدى الفتيات الغيورات منه لحبّه فتاة سواها اسمها ميس.

وجدوه في غابة قريبة من حرّان. كان هناك في خلوة مع حبيبته ميس، التي كانت قد غادرت المكان للتوّ.

اقتيد طيبا ليكون في الزيت..

يظهر الخوف على طيبا جليّاً، والكاهن يقتاده إلى المعبد، الذي تتمّ فيه هذه العمليّة. تُعصب عينا طيبا مؤقّتاً، ريثما يكتمل إعداد الطشت المخصّص له. وملؤه بكميّة الزيت المطلوبة، وخلطها بمادة البورق، وهي مادة قلويّة اكتشفها الإنسان قديماً، لاستعمالها في تفكيك الأطعمة الصلبة، ونضجها على نحو أسرع.

راح طيبا يفكّر بطريقة تمكّنه من الهرب، والنجاة من الموت، فلم يفلح.

حبيبته ميس، ربّما كانت الأكثر خوفاً، وقلقاً عليه، من موت مؤكّد. راحت تفكّر هي الأخرى بطريقة ما تخلّصه من هذا المصير. كانت بين جموع المتفرّجين تحاول الوصول إلى أقرب مسافة منه. رأت أن كلّ ما يمكن أن تفعله بشأنه،

سيكون دون جدوى؛ والأفضل أن تتريّث حتى يوضع في الزيت فعلاً، لعلّها تجد وسيلة تحقّق من خلالها مبتغاها.

تغادر ميس المكان. لا بدّ أنّها اهتدت إلى طريقة ما لنجاة طيبا من هذا المصير المؤلم.

طيبا في هذه اللحظات، كان يصغي إلى أصوات المتفرّجين علّه يسمع صوت ميس، التي لم تكن معهم في ذلك الوقت. أتاحت المسافة الطويلة إلى المعبد تداعيات كثيرة لأن تنهمر عليه دفعة واحدة:

«لو كنتُ عطارديّاً أستطيع التنبّؤ، لعرفت أنّي سأصل إلى الحال الذي أنا فيه الآن، وفررت ممّا هو مقدّر عليّ!»، وهو يعلم علم اليقين أنّ التنبّؤ لا يحدث إلاّ والرأس في الزيت حسب قناعة آلهة حرّان، ووجهائها.

يصل بتفكيره إلى نتيجة حتميّة تقول:

«ليس عطارديّاً من لا يعرف أنّه سيصل إلى هذا المصير. لا أعتقد أنّ أحداً ممّن وُضعوا في الزيت من قبل كانت به رائحة النبوءة. كلّهم ماتوا ظلماً».

يأتي من بعيد فارس يمتطي فرساً شقراء تعدو، وكأنّها في سباق، وهو يلوّح لهم بشال ذهبيّ. توقّف الموكب. يصل الفارس. ينزل عن فرسه أمامهم. يخاطب الكاهن بلهجة الأمر

- «يقول لك الكاهن هرمس أنّ شابّاً آخر غير الشابّ الذي تقودونه إلى الزيت الآن، هو من سيكون في الزيت غداً، وهو الآن في عهدته».

ينظر الكاهن في وجوه من حوله. رأى أن ينفّذ هذا الأمر، بعد أن بدأ الموكب ينفضّ بين مستغرب، ومتسائل. يأمر هو الآخر بفكّ العصابة عن عينيّ طيبا، قائلاً له:

ـ لك حضيض الدنيا. لم تُمنح بركة أن تكون متنبّئاً. الزيت المبارك سيكون لسواك يا طيبا!

أقبلت ميس من بعيد، وبصحبتها مجموعة من البنات، وهنّ يزغردن. يستغرب الجميع ذلك. يشرعن بالتهامس حول هذا التصرّف، الذي يعتبرونه مشيناً، ولا يليق بشخص مثل طيبا كسليل لأسرة مرموقة. يعود الجميع إلى منازلهم، وأعمالهم، على أمل أن يعودوا إلى المكان ذاته، في يوم آخر، للاحتفال بمن سيكون هديّة للزيت، وانتظار ما سيتنبّأ به، لأيّامهم القادمة

تنفرد ميس عن صويحباتها، وتلتحق بطيبا، وهي في منتهى السرور. لم تستطع أن تكلّمه بشيء بسبب قرب الكثيرين منه. يقرأ في عينيها سرّاً، لم تستطع البوح به، في تلك اللحظات الحرجة، ولم يستطع أن يفسرّه. تغمزه أنّ شيئاً ما تريد أن تقوله له، فيتابع السير، وتكهنّات كثيرة تدور في رأسه، عمّا يمكن أن تقوله له.

الأسرار دائماً تتخفّى بثوب كتيم، ولا تظهر إلاّ إذا تعرّت تماماً من هذا الثوب في اللحظة المناسبة، والتعرّي منه قبل أن تنقلب الأسرار إلى الضدّ، كما ينقلب السحر على الساحر.

ليلاً، تتسلّل ميس إلى منزل أهل طيبا متنكّرة بثياب أخيها، كما تعوّدت حين تبغي اللقاء به في غرفة مبيته. لم تنجح محاولتها في التسلّل هذه المرّة، وكان لها القدر بالمرصاد. كانت أمّه تخرج من الغرفة، في اللحظة التي وصلت بها إلى الباب، ولا تنجح الأمّ إلاّ بمشاهدة هذا الشخص، الذي تعرف أنّه صديق ابنها، والذي اختفى فجأة، كما لو كان فصّ ملح وذاب، لتعود إلى الغرفة من جديد، وتخبر ابنها، مستغربة كيف يأتيه صديقه، في مثل هذا الوقت من الليل، ويختفي فجأة.

يعرف طيبا أنّ هذا الشخص المريب بالنسبة إلى أمّه هو ميس لا سواها. يحاول أن يقنع أمّه بأنّ ما رأته مجرّد خيالات، وأوهام ناجمة عن خوف ليس إلاّ؛ وتغادر أمّه المكان عائدة إلى غرفتها، والوساوس تلعب بها، لأنّ ما رأته كان حقيقة، ولس وهماً.

يتساءل طيبا عن السبب الذي دفع ميس للمجيء متنكّرة، في مثل هذا الوقت، فلا يصل إلاّ إلى نتيجة واحدة: «أنّ ميس خلف نجاته من الزيت؛ لكنّه يفشل بمعرفة الأسلوب، الذي لجأت إليه حتى نجا».

ما لم يكن يتوقّعه طيبا، أنّ ميس اختفت منذ تلك الليلة، ولم يظهر لها أيّ أثر في البلدة. تبدأ التكهّنات في مثل هذه الحالة، ويكثر الشامتون. ويشرع هؤلاء بنبش ماضي ميس، وأهلها؛ وصولاً إلى نبش تاريخ أجدادها الراحلين.

تقول إحدى الحكايات عن جدّة ميس، إنّها كانت عشيقة تاجر بغداديّ قبل أن تتزوّج من جدّها، وتمّ الاستعجال بهذا الزواج يومها، لأنّها كانت حاملاً من التاجر، ولم تستطع إسقاط جنينها، على الرغم من محاولات أمّها، بالأشربة التي كانت تُوصف لها من قبل صديقاتها، أو بلكمها على بطنها. كان على هذه البنت أن تلد في بيت زوجها، عن سبعة أشهر حمل، وكان المولود أبا ميس.

حكاية أخرى ملفّقة تطفو على السطح، هي أنّ والد جدّ ميس لا أصل له، وكثيرون رجّحوا أنّه ابن زنا، وأنّهم التقطوه من باب أحد المعابد. وربّته امرأة عجوز؛ بمثل هذه الحكايات لُفّق الكثير عن هذا الجدّ.

ومن طبع أهل حرّان أن يستنكروا مثل تلك الأباطيل، ويعتبرونها ترويجاً من أشرار، أو أغراب لا يريدون لهم الخير والاستقرار في حياتهم، ويعرفون أنّ وقوع حادثة مثل هذه الحوادث تستنفر لها الآلهة والكهنة لتتمّ معرفة دوافعها، ومعالجتها بشكل جذريّ.

بعد نجاة طيبا من الزيت، يحدث بين أبيه وأمّه خلاف بشأنه؛ فالأب كان يريد له أن يكون العطارديّ فعلاً، كي تكون لولده منزلة لا تحظى بها إلاّ القلّة من أبناء أرض حرّان، أو سواها، ممّا سينعكس عليه شخصيّاً أيضاً، ويكون المميّز بين الحرّانيين، وتصبح كلمته هي التي يُصغي إليها الجميع دون مناقشة.

كان لأمّ طيبا رأي آخر، وغمرها الفرح بنجاته، وهي تأمل أن يتحقّق ما تحلم به؛ فهي تريد لابنها، المهووس بتسقّط الأخبار، والتعرف إلى المعلومات عن طبّ الأعشاب، وسماعه أحاديث البغداديين عن أطبّاء غرباء اللغة يأتون إلى بلدهم، لعلاج أمراض الخلفاء، وزوجاتهم، وأولادهم، أو لعليّة القوم من أمراء، وقادة جيوش، وقضاة، أن يكون طبيباً للحرّانيين، الذين لا يهمّهم إلاّ أن يكونوا فلكيّن، وصنّاع اصطرلابات، وكاشطي جلود الدواب، لصنع الغرابيل، والطبول، وصنّاع آلات الطرب.

يعترضها الأب، بحجّة أنّ تعلّم الطبّ، سيكون في بلاد الروم التي ليست المسافة بين حرّان وبينها، ضربة حجر؛ عدا عن المخاوف، التي يتعرّض لها المسافرون، بعد فقدان الأمن بسبب الفوضى التي حدثت على طول الطريق إلى الروم. بعد التوتّر الحاصل بين دار السلام وبيزنطة، وفي داخله هاجس إعادته إلى الزيت.

الأم والأب يراهنان على مستقبل طيبا، وطيبا حسبما قال لميْس ذات يوم، إنّه سيشقّ طريقاً جديدة، وحدّثها عن حرّانيّين مغامرين، قصدوا أهرامات مصر، وحاولوا معرفة أسرارها. بعضهم حاول أن يكتشف أسرار المصريّين في تحنيط موتاهم، ولم يفلح، وبعضهم غامر في الدخول إلى أدغال أفريقيا، ليعرف الأقوام التي تعيش فيها، ولم يعد، وهناك من أغرته الأسفار، إلى أماكن في الشرق البعيد، وعاد بأفكار جديدة يعتقد بها. ففي هذا الشرق أديان ومذاهب، وعبادات شتّى، حاولوا زجّها فيما نعتقد، وفشلوا، إلاّ في مسألة واحدة، وهي ألاّ يتمسّك الإنسان، ويتعصّب لما يعتقد به، كي لا تنمو في قلبه بذرة الكراهية. أنا يا ميس بودّي ألاّ أسير في طرقات شقّها آخرون قبلي. يقول الحرّانيّون الذين قصدوا بلاد الروم، إنّ أطباء الإغريق، هم أبرع من كلّ أطباء الدنيا، لكنّهم اختصّوا بأمراض جسم الإنسان، ولم يحنّطوا موتاهم كالمصريّين، بل برعوا بتجسيدهم في مشخّصات من حجر بغية تخليدهم.

يقال أكثر من ذلك بهذا الخصوص. يقال إنّهم يزيلون قشرة الحجر ليظهر ساكنه. لم أسمع من أحد أنّ هناك طبيباً واحداً عالج مريضاً بالعشق، أو بعودة الروح، أو بالحنين إلى ماضٍ لا يعود، أو عالج يائساً، أو منكسراً، أو حزيناً، أو فاقداً للأمل؛ هذا ما أفكّر فيه يا ميس. هذه هي الطريق التي سأسلكها لو استطعت ذلك.

يحاول الأب إقناع الكاهن بأنّ الروح العطارديّة دبّت في ولده. يرفض الكاهن ما يقوله الأب. رسول الكاهن الأكبر هو من يملك الحقيقة، ولا تجوز مخالفته. الأمّ تنتظر اللحظة المناسبة، لتخبر طيبا بما ينوي الأب بشأنه، وتدفعه إلى مغادرة حرّان، إلى أيّ مكان، وتفضلّ أن يسافر مع أوّل قافلة مغادرة

أمّا طيبا، فقد كان يتسقّط أيّة إشارة تدلّه على ميس، التي غادرت منزل ذويها لسبب لا يعرفه أحد. يعرف أخيراً أنّها متوارية في قرية ترعوز الحرّانيّة، عند امرأة تعمل بالسحر. كان شهر أيّار قد حلّ، وكلّ الحرّانيّين يستعدّون لأداء طقوسهم، التي تُؤدّى في هذا الشهر الربيعيّ؛ ففي اليوم الأوّل منه يعدّون قربان السرّ، ويخرجون إلى البرّية، ويستمتعون برؤية الورود، واستنشاق عطورها الزكيّة، ويأكلون، ويشربون، وهم في غاية الفرح، وقلّما يوجد بينهم عابس، أو حزين.

يدخل اليوم الثاني من الشهر بحلّة جديدة، وبعيد لـ (ابن السلام)، الذي يقدّسونه. ابن السلام هذا، من الرموز التي تضفي على وجودهم الصفاء المنشود، وتبعث في نفوسهم حبّ الحياة، والتفاؤل بغد أجمل، وحياة سعيدة كلّها هناء، ومحبّة. كلّ ما نذره الناس لابن السلام، خلال العام تُؤدّى هذا النهار، ما يجعل الطعام يفيض، وتصيبهم حيرة بكيفيّة تصريفه. يعكفون طول النهار على تناول اللحوم، والفواكه، وشرب العصائر، والنبيذ.

لم يكن لشهر نيسان الذي انقضى، والذي يعتبر أوّل يوم فيه بداية سنتهم الجديدة، البهجة التي تعوّدوا عليها، بسبب انشغالهم بالبحث عن الإنسان العطارديّ، على الرغم من دخولهم جماعة، إلى بيت الآلهة، وتضرّعهم للآلهة (بلثي)، التي هي من صميم عبادتهم، وتمثّل كوكب الزهرة فلكيّاً، ولها من أيّام الأسبوع، يوم الجمعة. بينما السبت لزحل، ويطلقون عليه اسم قرنس، ويوم الأحد للشمس، واسمها إيليوس. والإثنين للقمر، واسمه سين، والثلاثاء للمرّيخ، واسمه أريس، والأربعاء لعطارد، واسمه نابق، والخميس للمشتري، واسمه بال. وفي أيّامهم هذه فقط يرتدون أقبية طقوسهم، التي يغلب عليها السواد. بالإضافة إلى أنّ أحذيتهم مميّزة عن أحذية العامة. الإله قرنس أقصرهم قامة، أطولهم قامة الإله إيليوس، وغالباً ما تدفعه تلك الآلهة إلى المهمّات الصعبة، في غياب الإله نابق العطارديّ هرمس الصغير.

بعد توسّلاتهم، وتضرّعهم، ودعائهم للآلهة بلثي، يقومون بذبح الأضحيات من الطيور أو الماشية المنذورة له في جوّ مهيب. يغمر الجميع فرح، كما لو كانوا في حالة ترقّب، لما يأمل أن يحصل عليه كلّ شخص منهم، سواء أكان ماديّاً، أو معنويّاً. على الغالب أحلامهم لا تتعدّى أن يظلّ الفرح يغمر قلوبهم، وأن تظلّ حياتهم مستقرّة على ما هي عليه، من هدوء، وراحة بال، وألاّ يعتدي عليهم أحد.

طيبا وحارس الينابيع

[2]

يترك طيبا الاحتفالات في حرّان سرّاً، وينزل قرية ترعوز،
ليلة الرابع من نيسان، من دون أن يخبر أحداً. فالأب كان
قد اصطحب ثوراً كبيراً ذبيحة كنذر للإله ابن السلام، ليدبّ
الهداية في قلب ابنه طيبا، ويكون العطارديّ المأمول، الذي
يتنبّأ للحرّانيّين، عن مواسمهم، وعن ولاداتهم، وعن الأرواح
العطارديّة، وإمكان وجودها في شبيبتهم، وعن تجاراتهم،
وازدهارها، وعن أطماع الآخرين في بلادهم، وخيراتها، وإمكانيّة
تحديد المعتدي قبل عدوانه، والطامع قبل غزوه.

كان طيبا قد وصل على فرسه إلى قرية ترعوز ليلاً. يقصد
دون أدنى تردّد منزل الساحرة، لكنّه لا يهتدي إلى الطريق
التي تقوده إليها. يلجأ إلى شجرة صنوبر معمّرة، ويربط فرسه
تحتها، ويؤثر عدم التحرّك، والعودة من حيث أتى. يقضي ليله
مصرّاً على اللقاء بالساحرة. انتبه إلى الفرس التي راحت تعلك
لجامها، ولا حيلة له بإطعامها، أو سقايتها. جلس مسنداً ظهره
إلى الشجرة، لتتداعى إليه أفكار غريبة لم تكن تخطر له على
بال. حاول طردها من رأسه، وانتصر عليها. راح ينظر إلى

النجوم، وإلى الهلال الذي رآه شاحباً تلك الليلة، وتشاءم من ذلك الشحوب. تتدافع إليه ذكريات من طفولته، التي لم تكن شقيّة. يفكّر في أشياء غريبة كانت تأتيه في معظم أحلامه، وغالباً ما تكون كوابيسَ مرعبة، فيصرخ. تحاول أمّه تهدئته. يغفو، وهو يحاول تناسيها. تصهل الفرس صهيلاً مفزعاً، ثمّ تذعر، وتكاد تقطع رسنها، وهي تتواثب. ينهض طيبا مذعوراً، من غفوته، التي لم تكن بحسبانه، فيشاهد فرسه وقد هدأت بعض الشيء، وهي تنظر نحو جهة محدّدة متوتّرة. يلتفت إلى تلك الجهة متيقّناً أنّ الفرس لا تضطرب، إلّا لسبب مهمّ.

رأى شبحاً على خط الأفق القريب يظهر، ويختفي، شاهده يقترب بحذر. كانت شكوكه أكثر ما تكون حول محاولة هذا الشبح، الذي تأكّد له أنّه رجل، وهذا الرجل يحاول سرقة الفرس، فتشبّث برسنها، وشدّ قبضته عليه، وعيناه تجوسان ظهور هذا الغريم الافتراضيّ، الذي يقصده، في مكان يخلو من الإنس. ارتفع صهيل الفرس أكثر. ظهر الرجل من خلفه مباشرة، وهو يخاطبه بكلام لطيف اعتقد للوهلة الأولى أنّه من باب المراوغة. قال لطيبا:

ـ أنا حارس الينابيع. هذه الفرس لطيبا. من أنت؟

ـ أنا طيبا!

ـ ماذا تفعل هنا في هذا الليل؟ الغابة موحشة يا طيبا، وأنت غرّ. أصدقني القول. أخبرني عن حقيقة وجودك هنا،

فأنا من واجبي معرفة أيّ شيء يتعلّق بهذه الغابة!

ـ أنا بصراحة تهت، وأضعت الطريق، ورأيت من المناسب أن أقضي ليلتي هنا، كي لا أدخل متاهة يصعب عليّ الخروج منها.

ـ إذاً، سأبقى معك، ولو أنّ الغابة لم تعد مدعاة للخوف بعد أن جعلتها حرّان محميّة عذراء، تقتصر على الكائنات المسالمة بعد أن قطعت منها الضواري المفترسة، والزواحف السامة؛ بقي فيها أشياء لم تخطر على بال، من جنّ، وعفاريت، وأشقياء يحاولون صيد غزلانها، وأرانبها البريّة، وثعالبها، وسناجبها، أو ما فيها، أو ما يفد إليها من طيور، أو المتنزّهين، الذين لا يحترمون حرمة ما فيها من ينابيع، وهذا هو الأهمّ.

الليل يطول دون مسامرة، وحكايات. هيّا نذهب إلى مكان مرتفع في الغابة أعرفه جيّداً، فهو أكثر أماناً من هذا المكان. هنا يظهر الجنّ، في أوقات لا تخطر على بال. فكّ رسن فرسك، واتبعني.

ينصاع طيبا له. يفكّ رسن الفرس، ويتبعه. لم يبتعدا كثيراً حتى توقّف الحارس عند خيمة من جذوع الشجر، ونباتات البريّة الجافة. بناها الحارس مرتفعة عن الأرض بارتفاع قامة إنسان، في شجرة كينا معمّرة. كان الحارس قد فرش أرضيّتها بجلود ماعز وأغنام، وأغطية من أقمشة صوفيّة منسوجة يدويّاً.

ربط طيبا فرسه تحت تلك الخيمة، وصعد إليها على سلّم خشبيّ، درجاته مشدودة جيّداً بأمراس رفيعة مغزولة من الصوف.

بادر الحارس بقوله لطيبا:

ـ إنّ مغامرتك بدخول الغابة ليست عبثيّة؛ لا بدّ من سبب يستحق مثل هذه المغامرة!

ـ بالتأكيد. هناك سبب لذلك! لكن أتمنّى ألاّ تسألني عن التفاصيل.

ـ لستَ أوّل من يدخل الغابة، وأستضيفه في خيمتي هذه. الغالبيّة من هؤلاء من فئة الشباب المحبط، وهناك فئة من تجّار البلاد البعيدة، أو المجاورة؛ لكنّ الفئة الأكثر عجباً هي أولئك الفارّون من بلادهم لسبب ما، وغالباً ما يكون من ظلم ذوي القربى، أو من قضاء جائر، أو من ضائقة عيش.

ـ كأنّ الغابة لم يمرّ بها أحد. كلّ ما فيها من نبات لم يفسده شيء.

الشجر أيضاً لم ينتهكه حطّاب. أيّ كائن فيه ينظر إليّ، وكأنّي صديقه، ويعرفني منذ زمن بعيد، ولم يكن هيّاباً منّي.

ـ (يقاطعه) لقد تمتّعت بالسلام بعد أن تمّ طرد الحيوانات الشرسة منها، والتي تؤذي سواها لأدنى سبب.

أنت لم تلاحظ ممالك النحل فيها، ربّما لأنّك لم تصادفها خلال عبورك. أحياناً أقضي ساعات، وساعات، وأنا أتأمّل عالمها المنظّم العجيب. شيء واحد لم أكترث به، هو ما يتناقله الناس عن وجود عفاريت الجنّ هنا. أنا لم أرَ شيئاً من هذا، مع أن الكثيرين يؤكّدون أنّ الجنّ ظهر لهم، في الليل بخاصّة، وقلائل قالوا إنّهم شاهدوا الجنّ نهاراً، وخاصّة القادمين إلى هذه البلاد، من جنوبيّ بلادنا، ومن الهنود، والأحباش. غير ذلك، أسمع ممّن يمرّون من هنا خلال عبورهم هذه البلاد، وأستضيفهم، حكايات، وقصصاً، منها ما يخلب اللبّ، ومنها ما يضع العقل في الكفّ!

مرّ منذ عامين من هنا درويش فارسي، وبات ليلته عندي هنا. نعم هنا، وحكى لي حكاية من حكاياتهم عن طائر خرافيّ اسمه عند العرب (العنقاء) واسمه عند الفرس (السيمورغ). قال: «السيمورغ تعيش كملكة في الجبال، لكنّها كلّ يوم أحد تزور أبناء آدم ملوك الأرض؛ وحين تقبل كأنّها سحابة يدق الناس الطبول، وتطلق النساء الزغاريد، ويُسَرّ الجميع.

كان ملوك الفرس (زال، رستم، وكيخسرو، سرهنك، أفرا سياب، وهرمز شاه) يتمنّون أن تزورهم السيمورغ، وكلّ منهم يدعو: يا ربّ دع السيمورغ تزورني!

وجاءت لتزور هرمز شاه، فرحّب بها، وهو يهتف: ليمنحك الربّ الحياة. وهيّأ لها عرشاً في إحدى الغرف السفلى

بالقلعة، من فراش مخمليّ يشبه العشّ، ويمكنها أن تتمتّع بالحديقة ونافورة الماء من دون أن تنهض على ساقيها.

جلس هرمز أمام طائر السيمورغ، فرأى كما لو أنّه كائن من نور؛ فتبادلا الابتسامات دون كلام.

قال لها بعد أن أمر الخدم بأن يحضروا الفاكهة:

ـــ كان يجب أن نذبح خروفاً على شرفك لتأكلي منه!

ابتسمت السيمورغ وأجابته:

ـــ أنا لا آكل ما به نَفَس؛ إنّ آكل الثمار فقط!

ـــ احتفاء بك سأريك أفراحنا.

ـــ كما تريد. قالت له.

ـــ سترين كيف ترقص نساؤنا!

(دعا الموسيقيّين للعزف، والمغنّين للغناء، والجواري للرقص).

رقصت الجواري على إيقاع العازفين، بانسجام موحد، يرافق رقصهن الغناء، والفرح. أعجبت السيمورغ بالرقص كثيراً. قالت للملك:

ـــ أنا ممتنّة لك يا هرمز شاه غاية الامتنان للفرح الذي

وهبتني إيّاه. سأمنحك كلّ ما تريد، وما يريد قلبك!

ــ لي رغبة واحدة عزيزة عليّ (وبدا عليه التوجّس).

ــ تحدّث. قل لي ما هي رغبتك!

ــ إنّ أبناء آدم لا يقتنعون بحقيقة ما إذا لم يروا الأدلّة بأعينهم!

ابتسمت السيمورغ، وأدركت أنّ هرمز شاه يعني أنّه يريد أن يرى ملك النور.

ــ كيف تعلم أنّ لديّ من المعرفة ما أقدر على منحك ما تطلب؟

ــ حين رأيتك تحدّقين في نافورة الماء عرفت ذلك. إنّه شبح من ضياء متوّج بألوان بهيّة مرّة كالورد، وأخرى بلون أزرق صاف، ولكني ألمحه حتّى في السواد. أدركت أنّه لا شيء يخفى عليك.

ــ مرحى. لقد شاهدت الكثير من الملوك، فلم أشاهد أذكى منك!

ــ ليطمئنّ قلبي وأبتهج أرني ملك النور، والأثري والملكي!

ــ فيما بعد!

فرح هرمز شاه، ووهب الراقصات مالاً كثيراً، فأحضرن

طيورهنّ المدرّبة، ورقصن معاً، في اتّساق، وانسجام، وقضوا جميعاً، مع الضيوف سهرة جميلة، إلى أن ظهر كوكب المرّيخ

وحين رأته السيمورغ، قالت:

ـ سأريك الآن (الملكي). ستسمع أصواتهم، وصلواتهم، وترى ماذا يشبهون. وأمرت بإنائين صغيرين. وضعت أذنها على واحد منهما، وطلبت من هرمز شاه أن يضع أذنه على الآخر؛ فرأى سبعة أشخاص وسط الماء، كلّ بسيمائه الخاصّة، ولونه المتميّز؛ لكنّهم حينما يتحدّثون تتداخل ألوانهم، وتصبح في غاية الجمال، وهم ينشدون:

يا أشعّة النور، ويا مصابيح الضياء!

صاح هرمز شاه:

أفي العالم من ينكر وجود الأرواح؟!

غاب المرّيخ، وبزغ القمر، فرأى هرمز شاه شخصاً جالساً في الماء بسبعة رؤوس، والأصوات تنبعث منها حلوة شجيّة، ثم أشرقت الشمس، ورأى هرمز شاه وسط الماء امرأة في غاية الجمال، والحلاوة، فصاح:

الحيّ موجود، والله موجود، ومعرفة الحياة موجودة.

قالت السيمورغ:

سيمات، هي (كنز الحياة). عظيمة حقّاً، وهي أمّ الجميع، والحياة تنبثق منها؛ فالطير، والأسماك، والديكة، والبلابل تسبّح بحمدها، وتفرح بها.

ـ لا شيء أعظم من هذا، ولكنّي أطمح إلى ما هو أكثر.

ضحكت السيمورغ وقالت:

ـ سترى!

كانت الشمس قد بلغت بدورانها نجم القطب، فسجدت السيمورغ تتلو في صلاتها: أيتّها الحياة أطلب رحمتك، وقوّتك الشفائيّة. أنت أيّتها الحياة العظمى الأولى. اغفري لي، وأيقظيني، واجعليني متماسكة، ودعي الرحمة تغمر روحي يا (نمروز زينة) القويّة فهي منك.

فهم هرمز شاه أنّ السيمورغ ما هي إلاّ هي، فركع أمامها، وقال لها متوسّلاً:

ـ أطلب حمايتك!

ـ انظر. أريد أن أريك أشياء أخرى.

نهض، فرأى ملك البهاء الأعظم محاطاً بنور مبهر. غضّ بصره لأنّه لم يستطع أن يحدّق. قالت له:

ـ أنت الآن شاهدت ملك النور الأعظم. الربّ المتألّق.

إنّه كنز الحياة. يظهر في الشمس، ولا أحد يستطيع أن يحدّق فيه. أنا فقط أقدر أن أريك... ومنذ ذلك الوقت هجر هرمز شاه جميع الأشياء، وترك العالم، وذهب إلى البريّة، وأصبح درويشاً».

هذه الحكاية يا طيبا جعلتني أعيد النظر بما نعبد كحرّانيّين، وأفكّر في طقوسنا، ولم أصل إلى أيّة نتيجة. ربّما لأنني استمرأت العيش في الغابة. في الغابة لا يستطيع أحد من كائناتها أن يكذب عليك، وأن يقدّم نفسه على غير حقيقته

هنا في الغابة تعلّم أشياء كثيرة لم تكن خطر على البال؛ من الوحش، ومن الحيوانات الأليفة، ومن الطير المقيم، والطير المهاجر، من أحوال الطبيعة، والتغيّرات التي تحدث، ولم نكن ننتبه إليها. من هنا يمرّ أشخاص من أقوام أخرى لهم طباع مختلفة عنّا، وعبادات تثير الكثير من التساؤلات، وطقوس تثير العجب. من هنا يمرّ عقلاء، ومجانين، أناس عاديّون، وأمراء، ويأتي أشخاص لهم غايات خبيثة، أو غايات بريئة. بعضهم يبحثون عن كنوز، وبعضهم يبحثون عن أهل التاريخ البعيد، أو التاريخ الغامض.

ما الذي جئتَ من أجله بالضبط يا طيبا؟ لعلّي أستطيع مساعدتك؟!

يتردّد طيبا في قول الحقيقة، ولم يجد بدّاً من مصارحة الحارس بعد أن لمس منه الطيبة، والعفويّة، وسلامة الطويّة.

قال: أنا أبحث عن شيء لا يستطيع أحد مساعدتي بالحصول عليه أيّها الحارس. أنا أبحث عن فتاة، وقد ألمحتُ لك في البداية حولها، وقيل لي إنّها لجأت إلى ساحرة تقيم في هذه المنطقة.

يقاطعه الحارس قائلاً:

في هذه المنطقة يوجد أكثر من ساحرة، وأكثر من ساحر، ربّما لأن وحشة الغابات تساعدهم على ممارسة السحر. أمّا عن فتاتك، فإذا لم نتعرّف على ساحرة تقيم هنا، فلن تصل إلى أيّة نتيجة. هل تم توصيفها لك؟

قيل لي إنّها تظهر في النهار كأيّة إنسانة عاديّة. تحتطب، أو تجني بعض الأعشاب، التي تستفيد منها لصناعة الأدوية، أو بحجّة البحث عن شاة ضائعة، أو غير ذلك؛ وحين يأتي الليل تختفي في مكان ما من غابة ما، ولا يستطيع أحد الاقتراب من هذا المكان بسبب السحر الذي تقوم به. إذا كانت لديك الجرأة على اقتحام مثل هذه الأمكنة، فسأدلّك على كهف بين أشجار ظليلة تقيم فيه إحدى الساحرات، لكن عليك أن تقوم بهذه المغامرة وحدك، لأنني سأدلّك عليه من بعيد. لقد حدث معي ذات ليلة فصل، وكأنّي كنت فيه أدخل الجحيم، وأحد التجّار البغداديّين عاد إلى بلاده بلوثة في عقله جرّاء ما حصل معه، ولم تكن لديه الجرأة حتّى على الإفصاح عما جرى معه. ما رأيك؟!

لا بأس. أجابه طيبا؛ فأنا على استعداد لأتحمّل نتائج ما يحدث؛ ويستحسن أن تفعل ذلك الآن، وتدلّني على مكان أيّة ساحرة!؟

الآن، لا. لا أقدر على ذلك سوى في النهار. الآن ليلنا لا يزال طويلاً، وما علينا إلاّ أن نقطّع هذا الليل بالدردشة. اسمع يا طيبا، إنّ التسرّع في الحصول على ما تريد، يقود إلى الهلاك. حتّى ونحن نتمهّل، فالعمر ينقضي بين برق الغفلة، وبارقة الأمل. وجه آخر لهذه الصورة، كثيرون لم ينتبهوا إليه، هو علاقة الشمعة بالليل والطريق: لا تنتظر الشمعة حتّى تذوب، وتكمل طريق الليل. غداً صباحاً يا طيبا سر إلى حلمك دون تأخير.

عجبت يا طيبا من زاهد هنديّ جاء إلى هذه الغابة، ومكث فيها قرابة العامين، ثم اختفى دون أن يترك أيّ أثر خلفه. كان هذا الرجل يشعل الحطب، وينتظر حتى يغدو جمراً، ويروح يسير عليه جيئة وذهاباً، وكأنّه يسير على جليد

لم يكن يدهشني فعله هذا بعد أن رأيت منه الكثير من الأعاجيب؛ هو ليس ساحراً ليكون ما يفعله بفعل السحر لأنّه يرفض ذلك رفضاً قطعيّاً. كان يضع الماء في غربال. يقول إنّ ما فيه من سرّ روحانيّ يمنحه طاقة تؤثّر على الماء، وعلى ثقوب الغربال معاً. كان ينظر إلى حجر، ويأمره أن يتحرّك نحو جهة ما، فيتحرّك. مع ذلك يرفض أن يوصف كساحر.

كان يساهرني الليل بطوله، وهو يحدّثني عن بلاده، وعن العبادات العديدة فيها، وعن بيوت عباداتها. ممّا أذكره يا طيبا قوله لي عن بعضها:

«أكبر بيوتها يوجد في (مانكير)، وفي هذا البيت نحو عشرين ألف بدّ (يقصد مشخّصاً لبوذا)، من الذهب، والفضّة، والحديد، والنحاس، والعاج، وحجارة مرصّعة بجواهر خلاّبة. والملك يركب في كلّ سنة إلى هذا البيت، بل يمشي من داره إليه، ويرجع راكباً. في البيت يا طيبا ــ حسبما قال لي ــ صنم للعبادة من ذهب ارتفاعه اثني عشر ذراعاً، على سرير من ذهب، مرصّع كلّه بالجوهر الأبيض، والياقوت الأحمر، والأصفر، والأزرق، والأخضر، ويقدّمون لهذا الوثن ذبائح لخلاص نفوسهم.

ويوجد بيت في (المولتان)، وهو أحد البيوت السبعة، التي يُعتدّ بها، وفيه تمثال وثن من حديد طوله سبعة أذرع، وفي وسط القبّة تمسكه حجارة من مغناطيس، والقبّة ارتفاعها مائة وثمانون ذراعاً تحجّه الهند من أدناها إلى أقصاها برّاً وبحراً، ولهم أوثان أخرى تحجّ إليها الهند، والناس يحملون إليها القرابين، والدخن، والبخور. وإذا وقعت عليها العين من مسافة بعيدة يطرق المشاهد تعظيماً لها، فإن حانت منه التفاتة أو سها، فإنه يرجع إلى الموضع الذي لا يراها منه، ثم يطرق من جديد ويقصدها. على هذه الحال يعبدون ما يعبدون

عبادات غيرها تتمّ بكلّ الرضى كعبادة الماهاكال، وله أربع أيدٍ، ومنظره مخيف. يزعمون أنّه عفريت من الشياطين يستحقّ العبادة لعظيم قدره، ولأنّه المفزع لهم في أوقات الشدّة؛ وهناك - كما قال لي - من يعبدون الشمس، وصنم الشمس هذا عظيم الشأن، ويزعمون أنّ الشمس ملك الملائكة -لسنا وحدنا نعبد الشمس يا طيبا في هذا الكون الفسيح- وصنمها يستحق العبادة والسجود، ويطوفون حوله بالدخن، والمعازف، والمزاهر؛ والعجيب أكثر أنّ له أملاكاً من قرى، وغلالاً، والصلاة له ثلاث مرّات كلّ يوم حسب طقوسهم، ويأتيه مرضى الجذام والبرص والزمانة، وبقيّة الأمراض العصيّة على الشفاء. يقيمون عنده، ويبيتون الليالي، ويسجدون توسّلاً ويتضرعون إليه طلباً للشفاء، ولا يأكلون، ولا يشربون صياماً له، فلا يزال المريض هناك حتّى يرى في منامه هاتفاً من وحي يقول له: لقد برئت، وبلغت المراد. ويزعمون أنّ الصنم يكلّمه المريض في منامه فيبرأ تماماً من مرضه.

وهناك عبّاد القمر، ويقولون إنّ القمر من الملائكة، وله صنم على شكل عجل. له يصومون في محاقه، ولا يفطرون حتّى يظهر هلاله، فيصعدون سطوح بيوتهم، ويوقدون الدخن، ثم يهبطون إلى الطعام والشراب والفرح والمسرّات والرقص، والعزف واللعب بين يديّ القمر. أقصد تحت نوره الوضّاء حين يكون مكتملاً؛ وهناك يا طيبا أهل ملّة يصفدون

أنفسهم بالحديد، بعد أن يحلقوا رؤوسهم ولحاهم، ويتعرّون إلاّ ما يستر عوراتهم، ومن يدخل في دينهم لا يصفد بالحديد حتّى يبلغ المرتبة التي يستحق بها هذا الشرف.

كما أنّ هناك مللاً أخرى كثيرة، وإحداها أنّ من يذنب ذنباً عظيماً عليه أن يغتسل بنهر (الكيف) ليتطهّر من ذنبه.

وهناك ملّة التشيّع للملوك، ومن تقاليدهم معونة الملوك، إذ يقولون: «الله تبارك وتعالى ملكهم، وإن قتلنا في طاعة الملوك مضينا إلى الجنّة!».

وملّة أخرى أصحابها يطوّلون شعورهم، ولا يشربون الخمر، ولهم جبل يُقال له (حور عن) يحجّون إليه، فإذا انصرفوا من حجّهم لم يدخلوا العمران في طريقهم إذا انصرفوا؛ وإن رأوا امرأة هربوا منها».

هذا شأن الهنود يا طيبا، فيما يعتقدون، ويؤمنون، وترتاح نفوسهم، وضمائرهم. هذا ما حدّثني به الزاهد الهنديّ.

ينظر إلى طيبا فيراه قد غفا، وقد بلغ به النعاس ما بلغ. يوقظه، ويسأله عمّا يرى بهذا القول. يجيبه طيبا:

ــ كلّ ذلك يهون حين تقبله النفس البشريّة، وهي تسعى إلى السلام الداخلي. كما عند أهلنا الحرّانيّين، الذي يُغالون في العبادة، ويجاوزون ما تقبله النفس البشريّة.

يقاطعه الحارس:

ـــ لا تشذّ يا طيبا. إنّها ملّة أهلنا. ملّة الآباء والجدود!

ـــ شيء واحد لم أر له موجباً للقيام به!

ـــ قلت لك لا تشذّ يا طيبا!

ـــ أنا أقول رأيي، والرأي قد يكون صحيحاً، أو خاطئاً. اسمعه منّي أوّلاً، وناقشني به قبل أن تتّهمني بما ألمسه شاذّاً؛ أيعجبك طقس (الرأس في الزيت)؟!

ـــ حتّى لو لم يعجبني، فإنّه متّفق عليه من قبل الجميع!

ـــ ليس متّفقاً عليه إلاّ من الكهنة، الذين يرون فيه خيراً لهم في الاستمرار بمهمّتهم، والسيطرة على جموع الناس البسطاء، واستغلال أتعابهم، وما يجودون به دون حساب. (ساد الصمت بينهما. يغفو الحارس، بينما يظلّ طيبا صاحياً؛ فالفرس صهلت، على غير عادتها في مثل هذا الوقت قبل أوان الفجر). قال في سرّه: «لا بدّ من أن شيئاً ما يحدث حولنا، في غفلة منّا». راح يصغي بكلّ حواسّه، لما يمكن أن يسمع، أو يرى بعد أن غاب القمر في سمائه البعيدة. كان يتوقّع أنّ أحداً ما يحاول سرقة الفرس. لكن لم يحدث شيء ممّا توجّسه حولها. يلوح طيف ميس أمام عينيه. يتذكّر ما قالته له ذات لقاء: «أنا لا أعني لك بشيء. أنت تحبّ نفسك. أنت تسعى إلى امتلاكي كي أكمّل شيئاً ينقصك. أنت بحاجة

إلى أنثى، ولست بالضرورة أن أكون الملبيّة لك ولحاجتك!». يومها لاذ بالصمت، فلم يجبها. انعقد لسانه لأنّها - حسبما فسّر قولها - قالت ذلك لتختبره. لكن كان عليه أن يردّ عليها بما يقنعها أنّه يذوب حبّاً بها.

الزمن عند العاشق يمرّ سريعاً، أو بطيئاً جدّاً. كان الزمن في تلك اللحظات يسير بطيئاً، وطال كثيراً ريثما حان وقت الشروق. ينهض الحارس من نومه. يرى طيبا في حالة شرود، وتأمّل. لم يسأله شيئاً، في الوقت الذي كان طيبا ينتظر منه أن يسأله ليخفّف عنه عذاب الانتظار. لكنّ الحارس رأى أنّه من غير المناسب أن يعكّر عليه تأمّلاته.

ينظر طيبا إلى ما حوله، ويعود مستغرقاً بما كان يفكّر فيه

ميس قد تكون الآن في وضع صعب، وعليّ أن أجدها بمساعدة الحارس. يلتفت نحو الحارس ويسأله: هل الساحرة التي سنقصدها بعيدة عنّا؟

ــ إنّها في الجهة التي تقابلنا. اطمئن. هيّا. استعد لنذهب معاً، وأدلّك من بعيد على المكان الذي تقيم فيه.

يسيران عبر أدغال ليس فيها سوى ممرّ ضيّق، وإجباري. يصلان إلى بقعة مكشوفة. كانت الشمس قد آذنت بالشروق: انظر إلى تلك البقعة المرفعة، والكثيفة الشجر. إنّها هناك يا طيبا. عليك أن تكون حذراً، لا تنسَ أنّها ساحرة. أعتقد أنّها تربّي

كلاباً شرسة، خوفاً من أن يقترب منها أحد دون معرفة مسبقة بقدومه. أنا دائماً أسمع من صوبها نباح كلاب، ولم يسبق لي أن اقتربت منها. أودّعك الآن، وإذا أردت اللقاء بي ثانية، فما عليك إلاّ أن تقصد النبع الشرقيّ، في أوقات سأحدّدها لك الآن: كلّ مغيب شمس، أو حين يظهر نجم الزهرة ليلاً أكون عند ذاك النبع. أتمنّى أن تُوفّق في مسعاك. الآن وداعاً يا طيبا

يجهّز طيبا فرسه، ويقودها من رسنها دون أن يعتليها. تسير خلفه خبباً، إلى أن يصل إلى مكان قريب من البقعة التي أشار إليها الحارس، ويتوقّف، لعلّه يشاهد ما يتحرّك من تلك الجهة، وينتظر لفترة خروج أحد ما، أو يسمع ولو نباحاً من كلب. لم يحدث شيء من هذا.

يعتلي فرسه، ويتقدّم بحذر. تظهر من خلفه امرأة بشكل مخيف. منفوشة الشعر كجنيّة، وبثياب فضفاضة ألوانها فاقعة يغلب عليها اللون الأصفر حاملة على كتفها جرّة ماء. تصرخ به: ماذا تفعل هنا يا طيبا؟ لم يخفه شكلها بقدر خوفه من مخاطبته باسمه. تلجلج في الإجابة، ولم يفصح عن نفسه. أعادت خطابها له: ماذا تفعل هنا يا طيبا؟

تساءل في سرّه: كيف تخاطبني باسمي؟ أهي تعرفني من قبل، أم أنّ أحداً أخبرها عنّي، وأنا لم أشاهد غير حارس الينابيع. من تكون هذه المرأة في مثل هذا المكان الموحش؟

يشاهد امرأة أخرى تلبس الزيّ نفسه قادمة من خلفها حاملة جرّتها هي الأخرى. تخاطب طيبا هي الأخرى باسمه، وتسأله السؤال نفسه: ماذا تفعل هنا يا طيبا؟

نسي أنّه في المكان الذي توجد فيه ساحرات. تتقدّم منه المرأة الثانية، وتخطف من يده رسن فرسه، وتكسر جرّتها أمامه، وتعتلي الفرس بأسرع من البرق، وتلكزها بكعب قدمها، فتطير بها كما لو كانت براقاً. يظلّ وحيداً مع الساحرة الأولى، التي تقترب منه، وتفكّ منديل رقبتها، وتعصب عينيه، وهو لا يبدي حراكاً من شدّة الخوف، وتقوده أمامها محذّرة: إيّاك أن تفكّر في الهرب يا طيبا. سِرْ أمامي، أو سأجعلك تندم.

ينصاع طيبا لها خشية إلحاق الأذى به. يسيران فترة قصيرة من الزمن. يشعر أنّه يسير في مكان رطب، فيه حشائش برائحة حبق الأنهار. يسمع خرير ماء قريب. تقول له توقّف. يتوقّف. يستقبلهما نباح كلاب. يطمئن مدركاً أنّه وصل المكان الذي تقيم فيه الساحرة التي أشار إليها الحارس. يتمنّى أن تنزع العصابة عن عينيه، فلم تفعل. تمسكه من ذراعه، وتسير به، والكلاب تنبح بصوت أقوى من قبل، وتقترب منه أكثر فأكثر، وهي تردّهم عنهما بلطف، وبأسمائهم. يستغرب أنّ أحد الكلاب كانت تناديه باسمه طيبا، وآخر باسم عمروس جدّ سلالته الملكيّة.

تنزع العصابة عن عينيه. كان كلّ شيء ضبابيّاً وغائماً في نظره. كان أوّل شيء تفقّده هو الفرس، فلم يشاهدها، ولم يجرؤ على السؤال عنها. شيئاً فشيئاً صار يبصر ما حوله جيّداً، ثم أعادت العصابة إلى عينيه، وسارت به مسافة لم تكن بعيدة كثيراً بتقديره، رغم الخوف الذي تملّكه. فكّت العصابة، ليجد نفسه في كهف مضاء بشموع، وفي صدر الكهف امرأة تشبه نساء الأساطير. ملكة دون رعيّة هنا. ساحرة على شكل إلهة.

لم تبعد نظرها عن طيبا. لم يرفّ لها جفن، وهي تنظر إليه. دخل عدد من النسوة. أشارت بيدها نحوهنّ، فتحوّلن إلى أطياف نساء. بإشارة أخرى ارتفعن عن أرضيّة هذا الكهف الضيّق، والذي اتّسع مع تحليقهنّ في الفضاء الذي أوحت له الساحرة أن يصير. استمر تحليقهن لفترة قصيرة، ثم خرجن من باب الكهف تباعاً، في رحلة طيران لم يعرف عنها شيئاً بعد خروجهن. راح الكهف يضيق، حتّى عاد إلى حجمه الطبيعيّ كما كان. خفض طيبا بصره كي لا يرى شيئاً خوفاً من حدوث ما لا يتوقّعه من أذى يصيبه جرّاء هذا السحر.

تنهض الساحرة الملكة من مكانها، وتتقدّم نحو طيبا. تضع راحة يدها، التي كانت على شكل مروحة يدويّة، عليه، فيفزع حين يشاهدها. تقول له: لا تخف. أنت تبحث عن ميس. لن ترى ميس حتّى تنفّذ ما سأطلبه منك؛ أو أنك لن تراها أبداً

يتردّد طيبا في الموافقة على هذا الإذعان، ثم يهزّ رأسه بالموافقة. تطلب منه أن يأتي بلسان كاهن المعبد الحرّانيّ. أي أن يقطع هذا اللسان، الذي ذكرها بالسوء، في إحدى صلواته.

يتجرأ طيبا، ويقول لها:

ــ أعتقد أنّك تستطيعين فعل أيّ شيء تريدينه كساحرة؛ فلماذا تطلبين منّي أن أرتكب مثل هذه الجريمة، وأنا بريء؟!

ــ لو كان يهمّك أمر ميس لوافقت. عليك أن تغادر هذا المكان، وإلاّ!

صفقت كفّاً على كفّ مرّتين، فتخلّق في المكان شبح مارد، منتظراً أمراً ما من الساحرة. أشارت إليه بيدها بأن يخرجني بالقوّة. حملني بين يديه كأرنب، ولم أجد نفسي إلاّ أمام فرسي المربوطة إلى جذع شجرة بطم، ليتخلّق شبح مارد آخر أمامي يقول لي: لو ضحّيت بفرسك هذه لنلت ما تبتغي من سيّدتي! (هو يبغي من كلامه هذا أن أذبح الفرس). مثل تلك الطلبات أشبه بمعجزات بالنسبة إلي. سأترك للزمن أن يفعل فعله ولا بدّ أن أجد ميس طال الوقت أو قصر.

طيبا يبحث عن ميس

[3]

من سوء طالع طيبا، أنّ ميس في تلك الليلة كانت تبيت لدى أسرة فتاة من قرية ترعوز تعرّفت إليها، في منزل الساحرة، ولبّت ميس دعوتها تلك الليلة.

ولمّا لم يكن لطيبا أصدقاء في ترعوز، عاد في الليلة ذاتها إلى حرّان، بعد أن خيّبت الساحرة أمله بشأن ميس. لم يسأله الأب الذي كان يبيت في المعبد عن سبب غيابه، لأنّه لا يريد أن يختلف معه بشيء، كي لا يعكّر طقوس نذره، ومجرى الاحتفال.

كانت ميس قد أخبرت الفتاة المضيفة عن علاقتها بطيبا، وعن اكتشاف روحه العطارديّة، وكيف أنقذته في اللحظة الأخيرة، مستعينة بأحد الفرسان، كما باحت لها باسمه؛ ولم تكن الفتاة أهلاً لمثل هذا السرّ. ولم يكن من الصعب عليها أن تفشيه لأمّها، والأم بدورها أخبرت زوجها، الذي لم تكن فيه الشهامة، أو النبل الذي يمنعه من المساومة على طيبا، مقابل عدم إبلاغ الكاهن بما قالته ميس، وإعادته إلى الزيت.

يقضي طيبا ليلته قلقاً تأخذه هواجسه إلى عوالم عقيمة. لا شيء إلاّ ميس يشغله في هذا العالم. يتذكّر كلّ لحظة التقيا فيها. كلّ كلمة. كلّ همسة. كلّ سرّ احتفظا به معاً، وأهمّ هذه الأسرار، هي الرؤيا، التي استأثرت بها طويلاً، عن مصير طيبا المتشعّب، بين أن يكون للزيت، ويتنبّأ بما يُوحى إليه من الآلهة، وبين أن يحمله طائر - حسبما رأت - ليس كالطيور التي تعوّدت أن تشاهدها في الطبيعة، والتي سمعت أوصافها من الناس؛ بل على هيئة آدميّ، يأتي من فضاء جنوب الأرض، ويحمله بمخالبه، ويحلّق به عالياً، ثم يحطّ في مكان جبليّ بعيد، بين أقوام لا يفهم لغاتهم، ولا يستطيع أن يتآلف معهم، ويُفاجأ بسقوط الطائر من علٍ ميّتاً دون أن يعرف سبباً لذلك، ويعود طيبا وحيداً على قدميه، قاطعاً البراري، والقفار، فرحاً على الرغم ممّا تعرّض له من مصاعب وأهوال في رحلة العودة، ولا يستطيع اللقاء بها، لأسباب لم تكن في البال. هذه الهواجس التي أقلقت طيبا لم يجد سبيلاً إلى تبديدها.

لم يستسلم طيبا. يزيح هذه الصخرة، التي هي كلّ هذا القلق. يدير دفّة مركبه نحو ميس ذاتها. يرى أنّ اللقاء بها سيشكّل منعطفاً لحاضره، ومستقبله. لم يعد يعنيه ما يفكّر فيه سواه. يقصد بذلك أباه، وأمه، بالدرجة الأولى، حتّى لو كانا يؤثران وجوده حيّاً، وليس ذلك المتنبّئ الذي يرفع أسهمهما اجتماعيّاً، ليُصبحا محطّ أنظار الحرّانيّين، بظهور متنبّئٍ من صلبهما. كلّ شيء إلاّ الزيت!

يعود إلى البحث عن ميس. يشعر لأوّل مرّة بأنّ ليله معتم دون قمره ميس، سيطول إلى آخر العمر. تنصحه إحدى النسوة المقرّبات لها، أن يتزيّا بزيّ تاجر؛ ثمّ ما عليه إلاّ أن يطوف القرى الحرّانيّة، أوّلاً بأوّل، ولا بدّ أن يمسك برأس خيط يقوده إليها. بدا بشكله الجديد، وكأنّه تاجر حقيقيّ. كان مطمئناً إلى أنّه سينجح بما يسعى إليه.

لا وقت لديه كي يلعب مع الزمن. الزمن يسيل، ولا ينظر إلى الخلف. حُكم الإنسان بالنوم كي يتخلّف عن الزمن، وبالموت كي ينقطع عنه. قال طيبا في سرّه:

«لن أنام إلى أن أصل إلى هدفي. ولطالما نجوت من موت محقّق، عليّ ألاّ أقطع حبل الوصال مع رغباتي، وأنا حيّ. الزمن لم يتوقّف عند أحد. سأسبقه لو استطعت إلى ذلك سبيلاً!»

لم يعد إلى قرية ترعوز التي غادرها أوّلاً، بعد أن اشترى فرساً غير فرسه التي يعرفها أكثر الناس، وحمّلها أكثر ما تحتاجه النساء، من شالات، وأدوات زينة، وعطور، وارتدى ثياباً بغداديّة الطابع، والأشكال، والألوان. الشيء الوحيد الذي أضافه على شكله هو اللثام. كلّ ذلك بعد أن درّب لسانه على إتقان لهجة بائع كان يفد إلى مناطقهم، قيل إنّه تطوّع في جيش المأمون، ولم يره أحد منذ سنتين.

يلتقي طيبا في تجواله، بعد أن تقمّص شخصيّة التاجر، برجل بغدادي، يعتلي حصاناً أبجر كثير الحركة. على ظهره

سرج كسروج خيل فرسان المراسم الملكيّة، خُرج يبدو أنّه لحاجياته الشخصيّة. تنمّ ملامح هذا الرجل، ونظرات عينيه، عن ذكاء حادّ، يلبس على رأسه عمامة كالتي يلبسها رجال الدين المسلمين. يرتدي جلاّبيّة بيضاء فضفاضة. يستوقف هذا الرجل طيبا. يسأله عن مكان يبيت فيه. يجيبه طيبا أنّ المعبد هو المكان الوحيد، الذي يمكن أن يبيت فيه، إذا لم يكن هناك من يستضيفه. يقول طيبا له إنّه سيبيت في المعبد. يقصدان معبد القرية معاً. يرحّب بهما الكاهن. يصحبهما إلى المربط الذي سيأوي دوابّهما. هناك خادم خاص بمربط الخيل، وإسطبل الدواب. أمّا الكاهن، فقد بدأ يستفسر منهما عن سبب مجيئهما إلى قريته، بعد أن تعرّف على اسميهما. وكما هو متوقّع؛ فطيبا لم يذكر اسمه الحقيقيّ. والبغداديّ كان صادقاً بذكر اسمه. الاثنان كذبا عليه، ولم يقولا الصدق عن سبب مجيئهما.

يودّعهما الكاهن بعد تأمين مبيتهما في غرفة خاصة بالغرباء. يخلو الجوّ لهما في استدراج أحدهما الآخر، لمعرفة نواياه. يقول البغداديّ لطيبا:

ــ نحن في بغداد نجهل عاداتكم. عباداتكم. أفراحكم. أتراحكم. حبّذا لو تشرح لي كيف تعيشون، كي لا أتعرّض إلى نقد، أو ملامة، أو تعنيف!؟

ــ كلّ شيء في حياتنا على ما يرام. أهمّ شيء أنّ الرضى يسود بين الجميع. المحبّة المبنية على الرضى، لا يعلو عليها

شيء. الأفضل أن تشاهد بأمّ عينيك مجريات حياتنا. (يضمر طيبا في داخله أن يسير في ظلّه، للبحث بصورة غير مباشرة عن ميس) يتابع: غداً صباحاً السابع والعشرون من شهر حزيران. هذا اليوم بالنسبة إلينا بوجود الإله أريس، يوم فيه الكثير من المشاهدات التي تسرّك. كلّ عام في مثل هذا اليوم تحدث الطقوس ذاتها (يتذكّر أنّه يتخفّى بشخصيّة بائع بغداديّ، ويتساءل في سرّه، أيصارحه بذلك، أم لا! فتكون النتيجة أن يصارحه بكلّ ما يضمره). يعرف التاجر البغداديّ قصّة طيبا، يتعاطف معه، ويعده أن يكون عوناً له في البحث عن ميس. يصارحه طيبا أيضاً بأنّه شديد الإعجاب بحياة البغداديّين من الحكايات التي كانت تُروى عن الخليفة هارون الرشيد، وأريحيّته، وجوده، وتعامله مع الخاصّة من شعبه، والأمن المستتبّ بعهده في البلاد، والحكايات عن خلفه المأمون، الذي يفعل أيّ شيء لتكون البلاد جميعها في قبضته. يستقطب رجال الدين. العلماء. الشعراء. المترجمين، ويعرف كيف يختار قادة جيوشه.

يكاد يبزغ الفجر، وهما يبوحان بما في صدريهما من أسرار، بعد أن جافاهما النوم. يرى التاجر البغداديّ أن يصارحه هو الآخر بالمهمّة التي قدم من أجلها، من قبل أعلى سلطة في بغداد، من أمير المؤمنين ذاته، إلى هذه البلاد، ليتسقّط أخبار أهلها، ويتعرّف إلى طريقة عيشهم، وشؤون حياتهم بأدقّ تفاصيلها، ولو كلّفه الأمر أن يبذل المال لهذا الغرض. أخبر

طيبا أيضاً أنّ مهمّته هذه، ربّما كانت ترتبط بزيارة المأمون إلى حرّان، أو على الأقل سيكون مروره من أرضها إلى أماكن أخرى، قد تكون بلاد الروم، أو سواها؛ فالمأمون - من عادته - ألاّ يفصح حتى إلى أقرب المقرّبين إليه من أسرته، أو حاشيته، بما ينوي القيام به، ليس حذراً منهم؛ فهو عظيم الثقة بمن يتولاّهم، بل يمكن أن يغيّر رأيه حيال ما قد يستجدّ من أمور، في لحظة تتغيّر فيها أشياء لم تكن في الحسبان.

يقصدان مكان الاحتفالات، التي تجري فيه الطقوس. يشاهدان سرباً من البنات قادماً من بعيد، البنات يرتدين الفساتين المزركشة، والشالات البيضاء المطرّزة بمنمنمات تحاكي تموّجات زهر الحقول في الربيع، والتي تحاكي ما في الطبيعة من ألوان زاهية يغلب عليها الأبيض، والأصفر، والأخضر، والأحمر. يوقّعن على المزاهر، والدفوف، ويغنّين على إيقاع عزفهنّ، ما تعوّدن أن يغنّينه في مناسبة هذا اليوم، من التاريخ المسطور، في عبادة الحرّانيّين.

يصلان المكان. يعبّر التاجر البغداديّ لطيبا، الذي عرف أنّه يحمل اسم نائل البصراوي، عن اندهاشه بما يرى: كلّ الوجوه يرتسم عليها الفرح بقوّة، لا وجه. لا مكان للعبوس، والتجهّم هنا. لا مكان للفوضى. الواقفون، والجالسون؛ كأنّما أيّ إنسان منهم، قد خُلق للمكان الذي يقف، أو يجلس فيه. كلّ شيء منضّم، ومنتظم. الانضباط يسود كلّ ما في الاحتفال وله، من حيثيّات، أو تصرّف، ولا يبدو أيّ شيء يرتدّ إلى نشاز.

كان طيبا يسير خلف نائل بحذر شديد، متخوّفاً من أن يتعرّف إليه أحد. يتلفّت ممسكاً بطرف لثامه كي لا ينحسر عن كامل وجهه، بينما كان نائل ينظر نحو الجهة الجنوبيّة، حيث يقف الإله أريس، الذي لا يعرف نائل من يكون هذا الرجل المهاب، المقبّب الرأس بقباء لا عهد له أن يرى مثيله، في المكان الذي نشأ فيه، مرتدياً سروالاً صنع من خيوط كتّان رفيعة جدّاً، وفضفاضاً، يميل لونه إلى العسليّ، يعلوه قميص بذات اللون مفتوح الصدر، تظهر منه كثافة شعر صدره. يحمل في يمناه قوس نشّاب، ويسراه تتلمّس قوسه، كأنّما يجهّزه ليطلقه. يلتفت إلى نائل. يسأله عمّا سيفعل، فيعرف من نائل أنّها المرحلة الأولى لتشميس إله السرّ، الذي يستعدّ ليطلق النشّاب، ويطيّره نحو الشمال، بتماهٍ مع شمسٍ افتراضيّة تطلقه بعيداً عنها. ربّما كيلا يكون لها أثر سلبيّ، وترتفع حرارة الشمس، فتحرق المحاصيل؛ إذ إن حماية المحاصيل من غضب الشمس، ابنة الطبيعة، تتمّ على هذا النحو. يؤكّد له طيبا بهمس، بالكاد يسمعه، أنّ غضب الطبيعة لا يُرد إلاّ بتفاديه على هذا الشكل من العبادة، والذي تبعه بعد قليل حضور مجموعة من الشبّان يلبسون الأقبية على رؤوسهم، وهم يحملون أدوات الطعام لنصب مائدة من سبعة أقسام للآلهة السبعة التي يعبدها الحرّانيّون، وليباركها إله السرّ.

يحضر إله القمر سين بعد قليل، حاملاً قوسه هو الآخر، فيستقبل بالأهازيج، والغناء. يوتّر قوسه، ويزوّده بنشّابة

فيها قطعتان من خشب الشجر المحليّ، مغمّستان بشمع يساعدهما على الاحتراق والاشتعال في الخشب والشمع معاً دون أن يطفئهما الهواء مهما كانت شدّته؛ ثم يلحق به تابعه، الذي يطلقون عليه صفة الكمر، لتكون اسماً أبديّاً له، ويرمي هو الآخر اثني عشر سهماً، ثم يمشي على يديه، ورجليه، ويستعيد هذه السهام. ينتبه نائل إليه، وقد كرّر هذه العمليّة خمس عشرة مرّة. يتوسّل الآلهة ألاّ ينطفئ نشّابا إله القمر، لأنّ انطفاء أحدهما، أو كليهما يعني أنّ عيد السابع والعشرين الحزيراني غير مقبول، وديمومة اشتعالهما تعني أنّ الآلهة، والأخصّ إله القمر، قد بارك عيد ذاك النهار.

تزداد وتيرة الفرح. يكاد طيبا ينسى انتحاله شخصيّة مغايرة لطيبا الذي يعرفه الكثير من أبناء جلدته، فيهمّ للنزول إلى حلقات الرقص الجماعيّ، التي تسبق الطعام، والشراب. ينظر نحو نائل، فيراه شارداً كأنّما يفكّر في شيء ما. يسأله البوح بما يفكّر فيه، فيمتنع نائل عن الإجابة. يفهم من تعابير وجهه، أنّه يألف مثل هذه الأفعال، التي جرت في عيد الحرّانيّين هذا. يبتسم طيبا قائلاً له:

إنّك حتى الآن لم تر شيئاً. معظم أيّام الحرّانيّين أعياد؛ وإذا قدّر لنا البقاء هنا، أو ذهبنا إلى قرية أخرى، في منتصف شهر تمّوز القادم، سنشاهد عيداً آخر، مختلفاً في طقوسه، عمّا شاهدناه اليوم.

يلاحظ نائل أن لا أحد ينظر إليه باستغراب؛ بل كان كلّ مارّ أمامه لا يبخل عليه بابتسامة، أو بتحيّة، سواء أكان رجلاً، أو امرأة. (كان رجل وزوجته يقدّمان الماء للناس، وآخرون يقدّمون شراباً).

يحضر بعد قليل شاب بزيّ لم يألفه من قبل. كان يرتدي سروالاً حريريّاً واسعاً أحمر اللون، وبلوزة قطنيّة خضراء ضيقة، يلفّ رقبته بشال ينتهي معقوداً في أعلى رأسه، ولا يبدو من شعره الكثّ سوى غرّة صغيرة فوق جبينه. ينتبه الناس المتفرّقون هنا وهناك، فيجذبهم كما لو كان رجلاً ممغنطاً. يضربون حوله حلقة، ويشرعون بالتصفيق له، وهو يوزّع ابتساماته عليهم. يحضر للتوّ طبّال، وعازف بيده آلة تشبه الكمنجة، ثم يحضر طنبوريّ، وقارع دفّ. ليبدأ عزف راقص، لم يسمع مثل إيقاعه أبداً. يشرع الحضور بالتصفيق الموقّع مع لحن العازفين، وكأنّما تدرّبوا عليه منذ زمن، أو هي خبرتهم الروحيّة مع الموسيقى، التي تتكرّر في مثل هذه المناسبات. تشقّ الحلقة فتاة ساحرة الجمال. تقف أمامه مستفزّة. ينظر نائل نحو طيبا، الذي انفعل مع دخول الفتاة الحلقة، وبدا حائراً. وضع يده على كتف نائل، وقرّب فمه من أذنه، ليهمس له أنّها فتاته، التي يبحث عنها. إنّها ميس. يتساءل في سرّه عمّا يمكن أن يفعله في هذا الموقف الحرج. لم يوفّق في النتيجة، التي توصّل إليها. يغافل صديقه. يغادر المكان خلسة، ويعدّل ما أمكن من لباسه، ليبدو على حقيقته، بحيث تعرفه ميس

دون التباس. يعود سريعاً إلى الاحتفال، وكان الراقص يؤدّي رقصة الساحر، التي تميّز بأدائها، وكانت ميس قد غادرت الحلقة، بعد أن أدّت دورها باستفزازه، وتحريضه ليبدأ الرقص. أُصيب طيبا بخيبة أمل، بمغادرتها الاحتفال، المغادرة التي لم يكن يتوقّعها؛ أمّا صديقه نائل، فقد لامه على هذا التصرّف المتسرّع. معرباً عن أسفه أنّه سيفتقده لا محالة. إذ من المحال أن تستمر صحبتهما، بعد أن تكشّفت حقيقته. وقعت هذه المفاجأة من طيبا على نائل كالصاعقة؛ فهو كالكثيرين من البشر يجهل أنّ الحقيقة تأتي، والباطل، والكذب تحت قدميها. تأتي متفرّدة. ناصعة. جريئة. غير هيّابة من أحد.

كما أنّ طيبا يجهل ما تخبّئ له الأقدار، من مفاجآت.

هذه اللحظات مليئة بالفرح، بالمسرّات، بعد أن وصل الاحتفال الأوج، وكانت حتى الطبيعة تضحك لأهل القرية، وضيوفهم من القرى الحرّانيّة القريبة، والبعيدة، وضيوفهم من غير الحرّانيّين، ومن غير معتقداتهم، وعباداتهم، وعاداتهم، وتقاليدهم، حتى في اللباس، والمأكل، والمشرب، ومعروف عن الناس في منطقة حرّان، أنّهم يحبّون الضيف، ويكرمونه أيّما إكرام. لا يعبسون بوجوه الغرباء، من تجّار، أو زوّار، أو عابرين.

في هذه اللحظات كان رسولان من قبل إله الشمس إيليوس، مكلّفين في البحث عمّن يكون فيه سرّ النبوءة، ليُقدّم رأسه فداء لهذا السرّ، ويوضع في الزيت. كانا يتأمّلان القامات

والوجوه بدقّة متناهية. يمرّان أمام نائل، وطيبا. يتوقّفان قليلاً، وهما يحدّقان بطيبا، ويتهامسان. ربّما كانا يقول أحدهما للآخر: هذا الذي كان للزيت ذات يوم! يغادران، وهما يلتفتان إلى الخلف بين حين وآخر، إلى أن غابا بين الجموع. لم يكن طيبا يحسب أنّهما يفتّشان عن هذا الغرض.

غاب الرجلان عن عين طيبا، لكنّه لم يطمئن تماماً. ظلّ قلقاً تجوس عيناه المكان كلّه.

كان الراقص قد انتهى من الرقص، فدخل الحلقة ساحر بيده عصا، وعلى كتفه وشاح أبيض اللون. يبدو أنّه سيستخدمه. أخرج من عبّه ناياً، ومحرمة بيضاء. ثمّ خلع قفطانه، وفرشه في منتصف الحلقة. أشار إلى أحد الواقفين في الخلف أن يأتي إليه، فلم يخالف له أمراً. قدّم له العصا ليتناولها منه، فتحوّلت بين يديه إلى أفعى. حاول أن يتخلّص منها، وهو في حالة ذعر شديد. ظلّت متشبّثة تلتفّ على ذراعه، وهو يبذل أقصى جهده لفكاكه منها. كلّ محاولاته كانت عبثاً. كلّ ذلك، والساحر يضحك، كأنّ شيئاً لم يكن. راح بعض الحضور يتوسّل إليه، لتخليص الرجل منها، فازداد ضحكه أكثر. وبينما ارتفعت حدّة التوسّلات، والهياج، تعود الأفعى إلى حالها قبل السحر. هي الآن عصا في يد الرجل، الذي انقضّ على الساحر، ليضربه بها انتقاماً منه، لما فعله به. فتلاشت، ليجد الرجل نفسه دونها. هو الآن أعزل، يعانق الساحر، وينسحب إلى الخلف.

ينزع الساحر الشال عن كتفه، ويفرشه إلى جانب قفطانه على الأرض. يطلب من أحد الواقفين أن يتقدّم إليه، فيرفض خوفاً. يصيب الحماس أحدهم، فيفصح عن رغبته أن يكون بديلاً عنه. يشير الساحر له أن يأتي إليه، ويخلع نعله، ويقف على الشال. يشتعل الشال تحت قدميه. تتصاعد ألسنة النار حتى عنقه. يظهر للحضور أنّ كلّ شيء فيه يشتعل. تنطفئ النار فجأة، ليبدو الرجل بثياب مهرّج. يعود إلى مكانه، والحضور يتضاحكون. وما إن يقف في مكانه حتى يعود مرتدياً زيّه الأوّل. يضع الساحر الناي في فمه، ويشرع بالعزف عليه، دون وضع أصابعه على الثقوب. يسمعون منه الألحان التي ألفوا الاستماع عليها. يصفّقون له طويلاً.

يغادر نائل المكان إلى مكان آخر خلف الحلقة. يتّجه نحو القبلة مستعدّاً للصلاة. يلتفت بعض الحضور نحوه باستغراب. يؤدّي الصلاة على أتمّ اكتمالها، في الوقوف، والسجود، والتشهّد. يعود إلى الحلقة التي اشتعلت بالرقص، بعد انتهاء الساحر، من أداء عروضه.

يأتي رجل من بعيد متّجهاً نحو نائل. يطلب منه أن يتبعه إلى المعبد، للقاء كبير الكهنة. يسأله عمّا يريد منه، فيجيب بالنفي. يدخل المعبد، ويبقى الرجل الذي أتى به خارج الباب.

كان كبير الكهنة يجلس على الأرض كبوذيّ عريق، فلم يستغرب نائل ذلك، لأنّ كلّ ما يشاهده لم يخطر ببال. يحيّيه نائل بإلقاء السلام عليه. يجيبه بتحيّة الصدر. يطلب منه أن

يجلس قبالته. يسأله عن أحواله: صحته. تجارته. أهله. أخيراً يسأله عمّا أعجب به، وعمّا لم يعجبه في هذه البلاد.

يجيبه نائل، أنّ كلّ شيء كان جديداً عليه. المهمّ أن يعجب، ويرضي الناس هنا. يستشفّ من هذه الإجابة أنّه زئبقيّ، لا يؤمل منه خير.

بعد لحظات من الصمت يقول له إنّه يعرف أهل الرافدين، بكل أطيافهم، وأنّ ما يجمعهم الآن كان ضرورة ليس لهم وحدهم، بل حتّى لأعدائهم الموغلين في عدائهم لسواهم.

يدخل خادم المعبد، وبين يديه صينيّة عليها كوبيّ نبيذ. يقدّمهما لهما. يشير نائل له بمعنى أنّه لا يشرب النبيذ. يعرب كبير الكهنة عن أسفه لعدم قبوله الضيافة.

يسود صمت طويل بينهما. يعتقد نائل أنّ اللقاء انتهى عند هذا الحدّ.

يستعرض كبير الكهنة في سرّه خلال هذا الصمت الكثير من الأمور، التي مرّت، وأوّلها نبوءة (الرأس في الزيت) في عام مضى، والقائلة إنّ جاسوساً سيأتي إلى حرّان بهيئة تاجر، ليعرف ما يهمّ شعبه. تتأجّج أفكاره، وتتوقّف عند المسلمين، وخليفتهم، ومن يعيش في ظلّهم، والذين يجهلون الكثير عن حرّان؛ فتجّارهم لا تعنيهم سوى تجارتهم، وربحهم، وخسارتهم، ممّا يعني أنّ هذا التاجر الذي أمامه، ليس كأولئك التجّار

لا بدّ وأنّه معنيّ بشيء آخر!

تسترجع ذاكرته ما يعرفه بشكل مؤكّد عن خليفتهم المأمون. هذا الرجل المترفّع بنظره، عن سفاسف التجسّس، لأنّه إذا أراد شيئاً لا يلجأ إلى المخاتلة. كلّ حساباته تتمّ بشكل مباشر، ووجهاً لوجه. لا مكان للعواطف الزائفة في شخصه.

وفي المقابل راح نائل يفكّر فيما يمكن أن يقوله له كبير الكهنة بعد هذا الصمت الطويل. يتذكّر ما قيل له عن ذكاء وفراسة كهنة الحرّانيين.

يقول كبير الكهنة لنائل:

أنا أعرف الكثير عن بلادكم، وأعرف أكثر عن أميركم المأمون، وعن سابقيه: ابن الخطّاب، وابن أبي طالب. سأحدّثك عمّا أعرفه عن المأمون؛ بشرط أن تبوح لي بالسرّ الذي تحمله إلى منطقتنا. يتردّد نائل في أن يهزّ رأسه بالإيجاب:

ـ المأمون، اهتمامه بعلم الفلك لا يضاهيه ملك على وجه الأرض. جعل من محمد بن موسى سيّداً على خزانة الحكمة، لأنّه يعوّل عليه في الرصد على زيجيه (السند هند) وأكثر من هذا فهو من أصحاب علوم الهيئة، ويهتمّ بالتاريخ، وبعمل الاسطرلابات، والرخامة، وألّف بهما كتبه. ما أعرفه عن هذا الخليفة، أنّه من أشدّ الناس تسامحاً، وكم من الناس أسلموا على يده، دون أن يروه. أتعرف سند بن علي اليهودي؟

إنّه منجّم، وراصد فلكيّ لا يجارى هو الآخر. هذا أحد وأبرز الذين أسلموا على يده. أكثر من هذا، كأنّما كان ينافس سيّده المأمون على التسامح؛ لقد بنى كنيسة للنصارى عند باب ظهر الشماسيّة، في حريم دار المعزّ...(يسكت قليلاً، ويبدو كأنّه يعتصر دماغه) يتابع:كنّا نعتقد أنّ علوم الفلك أهم ما يشغل خليفتكم، وهو يطلب المزيد من الاسطرلابات منّا. لم يكن هذا إلاّ غيض من فيض، ممّا يهتمّ به هذا الرجل. استطاع أن يحتضن أهمّ المميّزين في عصره، ولم يلتفت إلى الجواري والليالي الملاح كسواه. سأحاول أن أتذكّر أسماء الذين كانت لهم حظوة خاصة من فلكيّين، وأطبّاء، ومترجمين؛ قد تخونني الذاكرة، لكن أتذكّر اسم حبش بن عبدالله المروزي، الذي كتب له الزيج المأمونيّ، والزيج الدمشقيّ، وكتاب الأبعاد والأجرام، وكتاب عمل الاسطرلاب، وكتاب الدوائر الثلاث المماسّة، وكتاب السطوح المنبسطة والمائلة والمنحرفة. (يعود إلى صمته، وهو في حالة تذكّر، ولم تسعفه ذاكرته. يعرب لنائل عن أسفه): أستطيع أن أقول لك إنّني دخلت دائرة النسيان، ربّما بسبب كبر سنّي! على أيّة حال، يمكنك الآن أن تكون صريحاً معي؛ وإلاّ سيكون لنا معك حساب آخر، فيما لو ذكر (الرأس في الزيت) شيئاً عمّا جئت من أجله، أو كنت تضمر شرّاً لنا، أو لسوانا! أنا بكلامي هذا لا أهدّدك، ولا أتوعّد لك؛ فهنا لا نخبّئ شيئاً في الصدور. لا نخزن سرّاً. لا يحمل الشخص معه إلاّ ابتسامته على الوجه، والفرح في داخله، وكلّ من يموت تأخذه الآلهة. يصبح

في عهدتها، ليكون سعيداً (يسترسل بكلامه مع نائل بعيداً عمّا بدأ به حول الأسرار، بعد انتشائه من كوبي نبيذ) أنتم تأكلون العنب، ولا تشربون عصيره. هذا شأنكم. تحتسونه في السرّ. تخافون نبيّكم. نحن لا نخاف آلهتنا. لا نغضبها بأفعال هي لا تفعلها. نبيّكم حرّم الخمر. هذا شأنه، وشأنكم. أنت اسمك نائل. جميل اسمك. تحملون أسماء قبائلكم. من الأصالة أن يحفظ المرء امتداده. صار دورك الآن بالكلام يا نائل؟!

ــ جئت أتعرّف على أهل حرّان. كيف يعيشون. ما إيمانهم. كيف ينظرون لسواهم. بصراحة، أنا جئت بتكليف من المأمون. لم يطلب منّي غير هذا، ولم يبح لي بما يضمره مطلبه هذا، ولم أسأله، لأنّ من الصعب أن يُسأل الخليفة عن شيء هو لم يبح به. عليك أن تفسّر الأمر كما تشاء!

ــ ما الذي تتوقّعه أنت من ذلك؟

ــ لا أستطيع أن أتوقّع شيئاً، كي لا تبني على ما أقول، ما قد يكون الضدّ، فأُلحق الأذى بكم. أنا استهوتني حياتكم. لا تفكّرون كما نفكّر. نحن نبغي أن يكون غيرنا مثلنا.

ــ هل يطيب لك العيش هنا، لطالما رأيتنا على حقيقتنا؟

ـ هل ترضون خائناً بينكم؟! فأنا ــ لو فعلت ذلك ــ سأكون خائناً حتّى وأنا أنظر إلى نفسي!

يصحو كبير الكهنة على هذه الإجابة الساطعة. يقول له بحدّة

ـــ هنا أنت غير مرغوب بك. عليك أن تحزم تجارتك الكاذبة، وترحل من هنا الآن، وليس غداً.

ـــ أريد مهلة يومين لأغادر، وأكون لك من الشاكرين.

ـــ قلت لك الآن. أعرف ما أعني!

ـــ أعتقد أنّك ستندم!

ـــ أنت تهدّدني يا هذا؟ عليك أن تغادر. لا مجال للأخذ والردّ

كان نائل يفكّر في نقل ما جرى بينهما إلى سيّده المأمون؛ وفي الوقت ذاته يرغب بالبقاء في منطقة حرّان، لسببين: الأوّل لا يريد العودة إلى بلاده، ففيها كان من المغضوب عليهم، بسبب زندقته، التي أُلصقت به، بعد أن شوهد مراراً يقضي بعض أوقاته في منزل أحد المتصوّفة، قبل تولّيه مهمّات شعر أنّها ثقيلة عليه، ولم يكن تعاطفه مع ذاك المتصوّف اعتباطاً. كان يلمس تعاطف المأمون مع المتصوّفة، ومع المعتزلة أيضاً؛ لكنّه لم يصرّح بذلك علناً، ولم يستطع أن يفسّر تصرّفه.

تساءل مراراً في داخله: هل يبغي المأمون استقطاب هذه الفئة إلى صفّه، بعد أن حدث ما حدث بينه وبين أخيه الأمين، أم هو فعلاً يميل إليهم، وإلى الطريق التي يسلكون؟ يصل إلى قناعة أوّليّة، وهي أنّ غضب المأمون عليه، ليس إلاّ لأنّه يريدهم في صفّه.

السبب الثاني، هو إعجابه بطريقة العيش عند الحرّانيّين، وتمنّى لو كان قد وُلد حرّانياً، بعد أن رأى ما رأى منهم. تناغمهم. تقاليدهم المتوارثة، والمحبّبة لهم، ورأى بساطة عيشهم، وأفراحهم، واحترام صغيرهم لكبيرهم، وطاعتهم العمياء لآلهتهم. عدا أنّه لم يشاهد أحداً يلوّح عصا في وجه أحد. لم يشاهد أحداً يحمل أداة حادّة. لم يلمس من آلهتهم، أنّهم يفكّرون بغزو جارٍ قريب، أو بعيد، طمعاً بأرضه، أو بينابيع مياهه، أو برزقه، أو بماله، أو بنسائه.

يراجع نائل نفسه. يجد أنّه أخطأ بتهديده لرجل، يحسب شعبه وحتى آلهته له ألف حساب. ينظر إلى كبير الكهنة باستعطاف، ويطلب منه أن يعطيه فرصة يعتذر منه لتحسين صورته، واستعادة الثقة به. يستجيب كبير الكهنة له، ويطلب منه أن يكون صريحاً بكلّ كلمة يقولها، لأنّ الكذب غير وارد في قاموسه؛ وإلاّ لن يكتفي بطلب مغادرته، بل سيلجأ إلى طرده مُذلاًّ، مهاناً. قبل أن يبدأ نائل الكلام ترتسم على شفتيه ابتسامة المنتصر، وينسى ما قاله لكبير الكهنة من قبل حول الخيانة:

ـ أعتذر عن أيّة كلمة جرحت مشاعركم؛ فأنا أرغب أن أعيش هنا، وأكون واحداً منكم يترتّب عليّ ما يترتّب عليكم، وأكون عند حسن ظنّكم في عبادة ما تعبدون، وفي ممارسة طقوسكم، كما تمارسون، ولي عندكم طلب واحد، هو إرسال

من يأتي لي بزوجتي، وولدي من بغداد، لأنّ من المتعذّر ذهابي إلى هناك؛ فأنا لا أستطيع العيش دونهما.

ـ قد أوافق على ما تقول، ولكن ليس قبل أن يكتمل وجودك هنا مدّة سنة كاملة، تشاهد طقوسنا جميعها؛ فمنها ما لا تعرفه بعد. كما أنّنا في خلال هذه الفترة، سنعاملك كحرّانيّ. فمعتقدكم غير معتقدنا في كلّ شيء. نعم في كلّ شيء. سيكون كلّ شيء غريباً عليك. أنت حتى الآن، لم تشاهد من الثور إلاّ أذنه، كما يقول المثل. أنت أغرتك مظاهر الفرح، والابتهاج، في خلال هذه الفترة، التي قضيتها هنا. هناك مظاهر من القسوة، يحرّم على النساء، والأطفال مشاهدتها. أعطيك مهلة شهر، لتفكّر فيما قلته لك.

طيبا بين نارين

وبين اليأس والأمل

[4]

يشغل طيبا البحث عن ميس. تقول له إحدى العرّافات إنها غادرت المنطقة، وهي الآن في منطقة جبليّة. لم تقل له أكثر من ذلك. يتساءل في سرّه عمّا إذا كان ذلك برضاها، أو كانت مرغمة؛ فإن كان برضاها، لماذا يقلق من أجلها!

ليتني أعرف الحقيقة. بدا يكلّم نفسه... أتكون قد ذهبت مع أحدهم؟... أيكون أحد قد اختطفها؟... لماذا هي في منطقة جبلية؟ (يشكّ فيما قالته العرّافة) وهل تعلم العرّافة بالغيب؟ لو كانت تعلم، لانتهت كلّ مشاكل الناس. يتذكّر حادثة اختفاء فتاة، وقعت قبل عدّة سنوات. تبيّن فيما بعد أن ذهابها بإرادتها، مع غجر كانوا يخيّمون في إحدى ضواحي حرّان. قبلها بسنتين أيضاً اختفت فتاة، ليتبيّن فيما بعد أنّ تاجراً من الموصل أغراها، وذهبت معه، وعادت، وعلى صدرها رضيع، بعد أن وجدت نفسها الزوجة الثالثة لهذا الرجل.

عرّافة أخرى، كان لها رأي مغاير. كانت حكيمة برأيها:

(إنّ فتاتك لامبالية بك. هي ليست لك؛ وإلاّ لكانت هي التي تبحث عنك. جنس النساء يا ولدي، كزهرة عبّاد الشمس. من تحبّه هو شمسها. ولا تتّجه إلاّ إليه!).

دائماً حكمته مع الزمن تتجلّى له في المواقف الصعبة. قال في سرّه:

«الزمن يقرّب الأهداف سواء بلغها المرء، أو فشل في بلوغها، ويطوي المسافات سواء قطعها، أم لم يقطعها، ويلغي ماضيه، وهو يسيل إلى أمام».

لا يقنعه كلام هذه العرّافة. قلوب الرجال تسقط أمام النساء بابتسامة، أو غمزة، أو كلمة حلوة. ولم لا. لقد أسقطت قلب آدم بتفّاحة تلمع. يتوقّف عند العرّافة الأولى. ينتظر الشروق على أحرّ من الجمر، قد يكون لدى التاجر نائل رأي فيه من الصواب ما يوفّر عليه الكثير من المشقّة، فيقصد المعبد، وهو يتمتم:

«سأكون كالزمن، ولن أسير إلاّ إلى أمام!».

كان نائل في المعبد يأمل هو الآخر لقاء طيبا، ويخبره بما حدث له مع كبير الكهنة، ليكون دليله في المهلة التي منحه إيّاها، ليقف عند قرار أخير حيال مصيره في حرّان.

يلتقيان... يحاول نائل أن يثنيه عن الذهاب للبحث عن ميس، وهو بأمسّ الحاجة إليه لقضاء الفترة الممهلة التي

منحها الكاهن له، برفقة طيبا لعلّه يكتسب المزيد من الخبرة بحياة الحرّانيّين؛ وفي المقابل يريد طيبا منه الرأي السديد، في موضوع ميس، وهو الرجل الذي عركته الحياة، وتجاوز الكثير من عثراتها، عدا عن أنّه يعرف دروب الجبال، ومسالكها الصعبة، وأحراشها، وكهوفها، ووحوشها، والأماكن المأهولة منها، والأماكن التي تأوي اللصوص، والمجرمين، والعبيد الآبقين من أسيادهم، والجند الفارّين من معاركهم. أيقدّم لي النصيحة لو سألته؟ (يسأل نائل نفسه) أم إنه لن يستجيب كي أظلّ معه هنا؛ ذلك ليعرف عن هذه المنطقة أكثر؟!

يقضيان ليلة اتّسمت بصمتهما، إلى أن أطلّ الصباح. كانت القرية محبطة تماماً بعيدها غير المقبول، بعد أن فشل الرجل المختصّ بهذا الطقس، ويُطلق عليه لقب (الكمر)، بإطفاء أحد السهمين المشتعلين، الذين أطلقهما في المرحلة الأخيرة للخمسة عشر سهماً، كما هو الطقس المعتاد، في مثل هذا اليوم الحزيرانيّ من الاحتفال، وتلك علامة خذلان للقرية

كان الكلّ في حالة إحباط، وعليهم أن ينتظروا عيد البوقات (النساء المبكيات)، في منتصف شهر تمّوز، وهو العيد الذي يختصّ بالإله، الذي قتله الربّ.

على الرغم من هذا الإحباط، فطقوس العيد تتمّ فيما بعد كالمعتاد.

يأتي هذا العيد، وأكثر الناس لا يعرفون ماهيته ولا الأسباب التي من أجلها قتل الربّ ذلك الإله. لا يعرفون إلاّ أنّ

الربّ قتله ـــ مع أنّه محبوبهم ـــ وطحن عظامه في الرحى، وذرّاها في الريح!

وتقديساً لهذا الإله، فلا تأكل النساء أيّ حبوب تطحنها الرحى، ويستعضن عنها بحنطة مبلولة، وحمّص، وتَمر، وزبيب، وما شابه ذلك. يقضين على هذه الحال حتى السابع والعشرين من تمّوز، لتبدأ طقوس رجالهنّ احتفاءً بسرّ الشمال، الذي يشمل الآلهة، والجنّ، والشياطين. يقومون بعمل خبز (طراميس) من دقيق وبطم وزبيب وجوز. يقابل ذلك طقوس الرعاة: «يذبحون تسعة خراف لرئيس الآلهة، وقرباناً لإله آخر». يتقدّم رئيس الآلهة منهم. يباركهم، ويأخذ من كلّ منهم درهمين. يبارك أعطياتهم، ويبدأ الكلّ بالطعام، والشراب.

كان طيبا من المشاركين في الاحتفالات، بينما كان نائل يقف مع الغرباء، من تجّار، وزوّار، من قرى أخرى، لا أصدقاء لهم في هذه القرية. كان يرى ما يحدث، وكأنّه في عالم آخر. حتى النسوة الباكيات على الإله القتيل، كان بكاؤهنّ نابعاً من فؤاد مفجوع. الدموع الهاطلة من عيونهنّ تنساب غزيرة، كما لو أنّ الإله القتيل كان أخاً، أو أباً لهنّ. كان نشيجهنّ يقطع نياط القلب. يحدّث نائل طيبا عن شعوره حيال ما رأى. يقول له متسائلاً:

ـــ ألهذا الحدّ مكانة هذا الإله لديكم يا طيبا؟! هو إنسان عاديّ مثلي، ومثلك. كيف تجعلون من إنسان عاديّ إلهاً، والإله له السماء؟!

ـ لا تناقشني بما نعتقد. أنا لم أناقشك بما تعتقدون. أنت هنا في مكان انطوت عليه دهور، وما تراه فيه ليس ابن يومه، لو لم يكن محقّقاً للناس هنا السعادة، والغبطة، والمسرّة، لسارت الحياة على غير هذا النحو. هنا يحدث أيّ شيء، بشكل عفويّ، وينبع من قلوب الناس، كلّ ما تراه ليس من عمل الآلهة. حتى الآلهة من صنع الناس هنا. هنا يلعب كلّ من الزمن، والوقت، والطبيعة لعبته. (ليس ما يقوله لنائل ينبع من قلبه، والحقيقة التي ينطوي عليها، في قرارة نفسه!)

ـــ سابق لأوانه ما أرغب أن أقوله لك. لماذا أرى نفسي متردّداً أحياناً؟

كان رئيس الآلهة قد جمع الدراهم من الرعاة وغيرهم، وغادر المكان.

مرّ ذلك النهار مكلّلاً ببكاء وحزن لم يسبق له مثيل، في كلّ الأعياد المماثلة التي مضت لسببين: الأول، أنّ العيد لم يكن مقبولاً، ولا مباركاً، والثاني، البكاء الذي كان فيه من المغالاة على موت إله، ومقتله، بعد رفد جيل جديد من البنات البكّايات، لهذه المناسبة المقدّسة، أضاف شحنة عالية من الحزن، إثباتاً لجدارتهنّ بتأدية هذا الطقس، في أعياد السنين المقبلة.

يختفي طيبا عن عين نائل متسلّلاً إلى غابة قريبة كان قد رأى في ليلة مضت نوراً باهتاً بين أشجارها الظليلة، لم يكن يشعّ من قبل. بلغ به الظنّ أنّ في الأمر ما يثير فضوله لمعرفة

ما يجري في الغابة، بعد أن بلغ به هوسه بـميس، ومصيرها. بات يراها في أحلامه وفي أحلام اليقظة بحالات شتّى. أكثر هذه الحالات، أنّها تتعرّض لعذابات لا طاقة لها بتحمّلها. خوفه عليها جعله حائراً، قلقاً، متوتّراً. لديه الاستعداد للمغامرة، للقتال من أجلها، ولو كلّفه ذلك حياته. لا شكوك لديه بأنّها تكون قد تخلّت عنه. تغلي في داخله أسئلة حولها لا إجابات عليها: أتكون مختطفة؟ أتكون ضلّت طريقها؟ أتكون في ورطة أخلاقيّة؟ يصل إلى نتيجة نهائيّة تقول: لو قضيت عمري كلّه في البحث عنها يكون قليلاً!

ينتظر حتى أوّل الليل. يراقب النقطة التي كان قد رأى بها النور في الغابة. يستمر في المراقبة حتى منتصف الليل، فلا يظهر ذاك النور الذي يترقّبه. يعود كسير الأمل إلى المعبد. كانت الشموع والمصابيح كلّها مطفأة. عدا البوّاب الساهر، على نور سراج مثبّت على حافّة حجريّة خلف الباب مباشرة، بالكاد رأى منه وجه البوّاب. يسأله البوّاب عما أخّره إلى هذا الوقت من الليل. يجيبه دون تردّد. تتداعى إلى ذاكرته حكايات كثيرة عن هذه الفئة من الناس. ربما يعرف هذا البوّاب شيئاً عن ضالّتي؟! يحكي له قصّة نور الغابة، وكيف اختفى هذه الليلة. يطمئنه البوّاب بأنّ الكاهن، كان قد كلّف ثلاثة من الحرّاس بالمبيت في الغابة، لسبب لم يعلن عنه. يخبره البوّاب أنّه يعرف السبب، لكنّه لا يستطيع البوح به لأحد، مع أنّه لا يستحق كلّ هذا الحذر والحرص. الموضوع يتعلّق بفتاة غريبة

قيل إنّها خرساء. جاءت إلى القرية بصحبة شابّ غريب هرب إلى الجبال، بعد أن أُلقي القبض عليه؛ هي الأخرى هربت، اختفت، فصّ ملح وذاب!

يسأله طيبا عن أوصافها: قامتها، لون بشرتها، تفاصيل وجهها، عينيها، شعرها. يتأكّد له أنّها ميس التي يبحث عنها، والتي تظاهرت بالخرس لغاية ما. لم يخبره طيبا عمّا يضمره بشأن هذه الخرساء، التي هي ميس.

يقضي ليلته في المعبد. ينهض نائل صباحاً قبله، وهو لا يدري أنّه بات ليلته في المعبد. يقصده طيبا. يلتقيان. يخبره طيبا عمّا سمعه حول الخرساء، ومطابقة أوصافها لأوصاف ميس، وأنّها برفقة شابّ، وقد غادرا القرية، وقصدا الجبال؛ لكن أيّ جبال؟ ذلك في علم الغيب.

يسأله نائل عمّا يمكن أن يعرفه البوّاب عن الشابّ. يقترح عليه أن يذهب إلى البوّاب، لعلّه يعرف عنه، ولو أيّ شيء يجعله يمسك رأس الخيط، الذي يدلّ عليهما. يستدرك ما قاله من رأي، بتساؤل جارح: لماذا لا تكون هذه الفتاة قد سلكت سبيلاً آخر يبعد عنك كلّ البعد، وأنت لا تزال قلقاً بشأنها؟!

أرى أن تتسقّط أخبارها من ذويها. قبل أن تدخل متاهة لا تستطيع الخروج منها. يخطر في بالي أن أسألك سؤالاً قد يكون محرجاً لك بعض الشيء: إلى أيّ مدى علاقتك العاطفيّة معها؟ أقصد: هل هي علاقة شكليّة، وسطحيّة؟! فإذا كانت

هكذا، لا تتوقّع منها أن تسلّم قلبها لك. النساء لا يفتحن قلوبهنّ إلاّ لمن يطرق أبوابها بقوّة! أعتقد أنّني قلت ذلك لك من قبل.

يقول له البوّاب إنّ الشابّ ليس من هذه المنطقة، ويعتقد أنّه من عبدة الصليب. عرف ذلك من وشم على ذراعه.

لا يتوقّع طيبا أن تكون ميس قد تخلّت عنه، وتبعت هذا الشاب؛ فما بينهما من عهود من الصعب أن يحنث بها أحدهما. ربّما كان لها مع هذا الشابّ غايات أخرى. لم يستطع أن يتكهّن شيئاً حول شكوك راودته للتوّ بها.

يعود إلى نائل، وينصحه أن يدع صلته بميس للقدر، للزمن. يبغي نائل في سرّه ممّا أبداه من رأي هذه المرّة، أن يقضي الفترة الزمنيّة التي منحه إيّاها كبير الكهنة، ليحسم أمره حول البقاء، في هذه المنطقة، أو الرحيل عنها، لأنّ طيبا سيكون له الدليل على أمور عديدة يجهلها حول حياة الحرّانيين. يشغل نائل أيضاً مصير أسرته. فكّر دون جدوى هل سيأتي بها إلى هنا، أو سيتركها لقدرها في بلادها!

يوافق طيبا مكرهاً، على اقتراح نائل له. يعده أنّه لن يفكّر بها حتى تأتي له الأيام بما تخبّئ من أسرار حولها؛ فهي ليست إبرة، وهذا الكون ليس كومة قشّ لتضيع فيه، على حدّ قول نائل.

يحلّ الثامن من شهر آب، لتبدأ احتفالات هذا الشهر، بعد أن اكتمل الإعداد لها. عصروا الخمور، وجهّزوا ما يكفيهم منها لآلهتهم، ولمؤونتهم، وحدث ما لم يكن في الحسبان، حول تأمين طفل وُلد للتوّ للتضحية به كالمعتاد. كانوا قد اختاروه لتقديمه للآلهة.

كان الطفل لأب حرّانيّ، وأمّ نصرانيّة، لم تنفصل عن دينها، ذهبت إلى كبير الكهنة، وبكت بين يديه، وهي تعلم علم اليقين، أنّ النساء الحرّانيّات يتوسّلن الآلهة أن يلدن في الثامن من آب، ليكون ولدهنّ ذكراً، ويكون لهنّ شرف السبق، بتقديم المولود كقربان للآلهة.

تبالغ النسوة أكثر. يحسبن بمساعدة منجّم، أو فلكيّ، متى يكون وصالهنّ مع أزواجهنّ أصحّ، ليلدن في الثامن من آب تحديداً، مع علمهنّ علم اليقين أنّ ليلة السابع من تشرين الثاني، هي أفضل ليالي الوصال، ليلدن في هذا التاريخ بالذات، ونادراً ما تضيع منهنّ، أو تلتبس عليهنّ خديعة شباط، وسنته الكبيسة كلّ أربع سنوات.

لم يعترض كبير الكهنة على المرأة النصرانيّة، معتبراً أنّ طلبها حقّ لها؛ فهناك امرأة أنجبت طفلاً حديث الولادة، وعرفت قصّة المرأة المعترضة، وهي تنتظر بفارغ الصبر نتيجة طلبها.

المغالاة في الإيمان، تغلب الأمومة، أو غير الأمومة، تغلب العقل، وتغلب المنطق، في المجتمعات المتعصّبة دينيّاً.

تتقدّم امرأة نحو الكاهن محتضنة وليدها، وتقدّمه له متردّدة. يستلمه منها بوجه بشوش. تبتسم على مضض. تهمس إحدى النسوة لأخرى بما لم يكن يخطر على بالها:

ــ مجنونة هذه المرأة التي أعطت ولدها للكاهن!

تبتسم لها ابتسامة تتضمّن الردّ، وهي تشير لها بيدها، أنّ لديها فائضاً من الأولاد! يسلّم الكاهن الطفل لخادمه. يذهب الخادم به إلى المذبح، بعد أن اصطفت فتيات حضرن لمرافقة الخادم، وهنّ بكامل زينتهنّ. يرتدين فساتين بيضاء طويلة تكاد تلامس الأرض، هفهافة، وعلى رؤوسهنّ مناديل معقودة من جهة الرأس اليسرى، على شكل وردة جوريّة. يشرعن في الغناء الجنائزي، الذي يعزّي أمّ الطفل، بأنّ وليدها ستباركه الآلهة، وتباركها. تقول الأغنية:

«افرحي يا أمّ هذا الطفل،

لأنّ طفلك مبارك من الآلهة.

كما أنتِ.

ستفتح له السماء أبوابها،

لينضمّ إلى النجوم.

فقد يصبح إلهاً

ويكون مطاعاً

ويعيش سعيداً، ومرفّهاً

هو وأسرته، وأقاربه، وكلّ من يحبّهم.

لا ليل بعد الآن يمرّ عليكِ كئيباً.

كلّ النجوم ستحرس زوجك، وأولادك،

وما تملكون من زرع، وضرع.

افرحي، لنفرح معك.

افرحي.

إنّ الآلهة ستفرح لفرحك!».

بعد أن ينتهي طقس التضحية بطفل، وذبحه، من قبل خادم المعبد المخصّص لهذه الغاية، والأمّ تزغرد فرحة، يوضع في ماء يغلي بحلّة نحاسيّة على موقد نار مشتعلة، ويسلق حتى يتهرّأ لحمه. يعرف نائل قصّة هذا الطفل فيكاد يُجنّ.

يغادر طيبا القرية، وهاجسه البحث مجدّداً عن ميس. يرى أن يعود إلى الجبال، ففيها على ما يعتقد ضالّته. يلتقي براعٍ للماعز، وقطيعه يقيل عند نبع ماء، وهو يعزف بمزماره

لحنا شجيّاً حزيناً. لم ينتبه لطيبا، حتّى امتثل أمامه، وحيّاه.
يتوقّف عن العزف، ويدعوه إلى مكان ظليل تحت شجرة
سنديان كثيفة. يقتعدان الأرض متقابلين. يسأله الراعي عمّا
أتى به إلى هذا المكان، ولا ممرّ فيه لعابر.

ـ لن أتكتّم على ما أريد يا صاحبي. (قال له، واسترسل
بما يريد أن يفصح عنه): أنا أبحث عن فتاة اسمها ميس.
غادرت احتفالات القرية منذ فترة، وأعتقد أنّها قد تكون
لجأت إلى إحدى الجماعات، التي تقطن الجبال.

ـ مرّت جماعة بالأمس من الوادي، وكنت أقيل بقطيعي
فيه، ومعها فتاة وحيدة.

يقاطعه طيبا:

ـ ما أوصافها؟

ـ ترتدي لباساً أخضر حريريّاً فضفاضاً. منقّبة بشال
حريريّ مزهّر. ممشوقة القوام. بشرة وجهها حنطيّة. عيناها
كحيلتان.

يقاطعه ملهوفاً:

ـ إنّها هي. إلى أين قد تكون وجهة تلك الجماعة برأيك؟

ـ قف لأدلّك... انظر إلى ذلك السفح الكثيف الشجر.
أترى ذلك المكان الصغير الأقرع، المحاذي لرجوم حجارة؟! إنّ

هذه الجماعة تأتي كلّ يوم إلى هناك من سكنها خلف التلّ. لعلّ ذلك يكون للصيد، أو لأمور أخرى. لا أدري.

ــ أتعرف ما عمل تلك الجماعة؟

ــ تبحث عن كنوز في كهوف الجبال المهجورة، أو تمارس السحر في أيّام محدّدة من السنة؛ أعرف أنّها تقصد حرّان لهذا الغرض، صيدها الثمين على ما أعرف في مدينة حرّان!

ــ عليّ أن أودّعك الآن، فأنا على عجلة من أمري.

يعود طيبا إلى القرية، ويتابع الاحتفالات. كان نائل قد افتقده في فترة غيابه. لم يحدّثه طيبا عمّا حدث معه والراعي، وترك الأمر سرّاً.

يقول له نائل أنّه بحث عنه، وأقلقه غيابه عنه، وأنّه تخوّف من أنّه يكون قد تعرّض لمكروه؛ والحقيقة أنّه لا يريد رؤيته بعد أن استوفى ما يبتغيه منه. كان يريد منه التعرّف على بعض الحقائق عن الحرّانيّين وعرفها، وأنّ قصّة الطفل الذي قُدّم قرباناً آلمته جدّاً، كما آلمت وتؤلم طيبا مثل هذه الجريمة بنظره، وأنّ قناعات كثيرة قد تتزعزع لديه لهذا السبب. هذا كلّ ما في الأمر؛ وفي المقابل كان طيبا في سرّه يرى أنّه يشكّل عبئاً عليه.

قضيا ليلتهما في المعبد، على أمل أن يحضرا معاً احتفالات الغد، والتي ستكون تتويجاً لموسم تمّت فيه الكثير من

الزيجات، وكانت أعراسها مميّزة عن أعراس سابقة، بمباركة الآلهة جميعها له دون تحفّظ على أيّ شيء. كان أحد الآلهة قد تحفّظ، في أعراس سابقة، على زيجات تمّت بناء على رغبة الأهل فقط؛ أو زيجات لابن عمّ، أو خال؛ وهذا ما كان غير مستحبّ، لأنّ ذلك لا يخدم تحسين السلالات في بنية المجتمع. التجربة ـ برأي إله القمر ـ أثبتت أنّ نسل الأقارب لم يكن كما يجب. لن ينتج علماء في علم النجوم، أو التنجيم، أو الطبّ، وصناعة الأدوية، أو التفنّن بصناعة الاسطرلابات المطلوبة من قبل المهتمّين بعلم الفلك، عند العرب، والإغريق، والفرس، وأفصح بهذا الشأن، ودون مواربة، عن أسماء مواليد كأنّهم ليسوا من رجل وامرأة، بل كانوا كنسل جاء من فرس وحمار. هذا ما ينتجه زواج الأقارب. (ثمّ قال للحاضرين بفظاظة):

ـــ أقصد البغال بذلك. لعلّكم تفهمون! (كان إله القمر حادّاً بصراحته هذه، ولهذا راحت الأسر تبحث عن عرائس لأولادها من قرى أخرى، وعائلات لا تمتّ بأيّة قرابة لها).

كان نائل ينتبه إلى كلّ كلمة قيلت على لسان هذا الكاهن، وباتت لديه رغبة ملحّة بمعرفة سمات هذه التشكيلات الاجتماعيّة، التي يتمسّح للانصهار بها، ويكون خيطاً في نسيجها؛ وهو لأوّل وهلة يعتبر الأمر سهلاً. إله القمر هذا يعتمد دستوراً سريّاً، لا يبوح به إلاّ لخاصّة من الناس، وهؤلاء يعمّمونه من خلال سلوكهم. يصحّ به أن يكون دستوراً للفرح، والمسرّات، والمحبّة.

ينفرد إله القمر بطيبا في المعبد، قبل سنة قمريّة انقضت، وقد نميت إليه علاقة طيبا بميس، ونُمي إليه ما هو أخطر بالنسبة إليه «إيمان طيبا الضحل بدين أهله الحرّانيّين، وبعدم اكتراثه بسلالته الملكيّة، وبميوله الخفيّة، والسريّة، والمضمرة للدين الجديد». كان الوقت ليلاً. يشير بسبابته إلى مصباح قبالته. يقول له:

ـــ «انظر يا بنيّ إلى هذا المصباح. أترى شعلته التي تنير هذه الغرفة. إنّها لا تنير غرف المعبد كلّها. قد تنيرها لو كانت كلّها غرفة واحدة. أجل ستنيرها، لكن ليس بالوضوح الذي تنير فيه غرفة واحدة من هذا المعبد. الكمال لا يستطيع نيله أحد. لا يبلغه أحد. إن القمر الذي ينير الليل، حتّى حين يكون بدراً، فإنّك لا ترى منه إلاّ الجانب المضيء، وهو بالتالي محكوم لآخر، للشمس، التي لولاها لكان كتلة جامدة؛ كلّ شيء له علوّ محدود، وسموّ محدّد. الرضى ينبع من القناعة، وبالقناعة تجد المسرّة قد وجدت طريقها إليك. وسيرك في هذه الطريق هو الفرح. نحن لسنا أبناء الضوء، بل أبناء النجوم، ولسنا وحدنا في هذا العالم، الذي عليه أن ينشد المحبّة ليكون آمناً.

يتذّكر طيبا ما قاله الراعي عن تلك الجماعة التي قد تكون ميس معها. يذهب عصر النهار، لعلّه يحظى بها، وبميس. كانت الجماعة قد غادرت المكان، واختفت في الغابة. يعود من حيث أتى بإحباط جديد يُضاف إلى ما سبقه، ويراكم فيه الحزن، والأسى. وكان طيبا باستماعه إليه يرى فيه كمن يُجري

الماء على الصخر... يرى نائل في اليوم التالي أن يتعمّق أكثر بمعرفة الأسرار التي تنطوي عليها حيّاة الحرّانيّين، كي لا تكون عاقبة قراره الندم، ولا بدّ في هذه الحالة من الاندماج أكثر في أيّ نشاط يمارسونه، لمعرفة حتّى ما يُمارسونه سرّاً. يتسقّط أوقات نشاطهم، فيعرف أنّ أحد المنجّمين لديه لقاء مفتوح في المعبد مع إله القمر، مساء ذلك اليوم. ينتظر على أحرّ من الجمر ذاك اللقاء. ينتظر حتى يكتمل حضور من يحضر. يرى إله القمر جالساً على أريكة منفردة، ويبدو أن لا غاية له إلاّ الإصغاء. يتأخر المنجّم بضع دقائق. يقف قبالة الحاضرين. يلتفت إلى إله القمر، ويحيّيه بوضع راحة كفه على صدره مع انحناءة بسيطة، ثم يحيّي الحضور.

يبدأ حديثه بكلام لم يفهمه نائل، ثم ينتقل إلى الحديث عن منجّمين لم يُوفّقوا، واعتزلوا التنجيم. فشلوا لأنّهم اتّبعوا طريق السحر. يُزعم ـ في هذا المجال ـ أن (بيذخ) ابنة إبليس، لها عرش على الماء، وأنّ أحد المريدين وصل إليها. قالت له: اطلب ما تريد!؟ فقضت حاجته، وهناك من يقدّم لها القرابين من حيوان ناطق، وغير ناطق طاعة لها، فيحصل منها على أيّ شيء يريد، حتّى المستقبحات. أحدهم ـ وهو كاذب حتماً ـ قال: رآها في النوم جالسة، على هيئتها في اليقظة، وأنّه رأى قوماً حفاة مشقّقي الأعقاب. كلّ هذا لا يقارب التنجيم. إنّه سحر، ولعب في العقول. بعضهم يتخفّى تحت طست كالساحر أحمد بن جعفر غلام بن زريق، الذي اكتُشف أمره في بلاده، وفي البلاد التي لعب فيها بسحره الغبيّ، ولا يزال

هناك من يُخدع به. ومن الناس الجهلة من قال: إنّ بيذخ هذا هو إبليس نفسه.

يتابع المنجم، والعيون شاخصة عليه:

سأتّحدّث إليكم في الآتي من الأيّام حول هذا السحر، الذي لا يجوز أن نقبل مثله؛ أمّا الآن فسأتحدّث عمّا يعنينا كحرّانيّين: «عطارد هو هرمس الأكبر كما تعرفون، وأعرف. هو أحد السدنة، الذين رتّبوا لحفظ البيوت السبعة. هرمسنا هذا ينتقل إلى مصر بأمر خالقه، وبأسباب لا يعلمها أحد، ليكون فيها ملكاً، لأنّه حكيم زمانه. أنجب عدداً من الأولاد أذكر منهم، طاطوصا. أشمن. أثريب. فقط؛ ولمّا مات هرمس، دفن في هرم، ودفنت زوجته في هرم، ومهما مرّ من الدهور، لن يعرف أحد الأسرار التي تكتنف أهرام مصر. ترك هرمس لنا مؤلّفاته، عصارة إيمانه، ولكن لن يصل منها إلينا شيء كما تقول النجوم، وفي واحد منها الأسرار التي ذكرتها، ولا يستطيع أحد أن يفسّر ذلك.

تقول لي النجوم إنّ أيّاماً سوداء ستقبل علينا، ونقبل عليها، ولا يمكن تجاوزها إلاّ بالصبر، وبمعجزة تنجينا من مصير لا يمكن تجنّبه بكلّ ما لدينا من مال، ورجال.

تقول لي النجوم إنّ الشخص العطارديّ، الذي سيكون في الزيت عمّا قريب، سيفصح لنا عمّا ستؤول إليه الأمور، إذا توافر لنا شخص عطارديّ.

يدخل كبير الآلهة المعبد. يرفع يده في وجه المنجّم مشيراً إليه أن يتوقّف عن الكلام، فيفعل. يشير إلى الكاهن القمريّ أن يأتي إليه، فيفعل هو الآخر. يطلب منه أن يذكّر الحاضرين بما يجب عليهم أن يفعلوه من طقوس شهر أيلول الذي سيبدأ في الغد، ويغادر المكان.

يخاطبهم إله القمر قائلاً:

«أيّها الناس. نحن غداً سندخل أيلول المقدّس؛ فالإله الأعظم، إله الشمال، رئيس الجنّ سيباركم كعادته، وعليكم مقابل ذلك أن تشرعوا منذ صباح الغد في الاستحمام على مدار ثلاثة أيّام، وكالعادة عليكم أن تضعوا الطرفاء، وشمع العسل، والصنوبر، والزيتون، والقصب، والشيح، في الماء وغليها، والاستحمام قبل شروق الشمس يوميّاً، وكما يفعل السحرة. إنّي أذكّركم بما عليكم أن تفعلوه، كما فعل السابقون».

كان نائل يصغي إلى ما يقول إله القمر، ويقارن هذا القول بما قال المنجّم بحضوره، وتمنّى أن يرى طيبا تلك اللحظة ليستفسر منه عن ذلك.

يتابع إله القمر: «أنتم تعلمون أين وصل الدور في تقديم خروف مطبوخ لإله الشمال، وسبعة للآلهة. آمل أن يحضروها إلى هنا. غداً نلتقي هنا جميعاً، لمتابعة أداء طقوس العبادة، في أيلول الواعد بالخير العميم. إلى لقاء».

رجل غريب في احتفالات حرّان!

[5]

... يفد إلى احتفالات أيلول رجل غريب، لم يشعر به أحد حتّى اقترب من نائل، وراح يخاطبه بهمس، وعيناه تجوسان بالمحتفلين، فينتبه إليه-لسوء طالعه- كاهن المعبد، ويرسل أحدهم ليطلب منه مقابلته. ينتبه إلى أنّه المطلوب، ولا مناص.

يرحّب به الكاهن كضيف غريب، ويسأله حاجته. يجيبه ــ كاذباً ــ أنّه آتٍ كتاجر يريد تسوّق ما يراه مناسباً؛ ولحسن حظّه أنّه سيشاهد احتفالاً للحرّانيّين، وسيكون سعيداً بوجوده في هذا التوقيت، الذي لم يخطر بباله، لأنّه يجهل تقاليدهم.

تجاهل الكاهن لقاء هذا الغريب مع نائل، وتمنّى أن ينال ما سيرى إعجابه، ويوفّق بمسعاه في تجارته، وهو يضمر أن يعرف من نائل الحقيقة.

لم يعد هذا الغريب إلى نائل، ووقف بعيداً عنه، وكأنّ شيئاً لم يحدث. كان الكهنة قد قدموا إلى الساحة التي يتجمّع فيها الناس، وسط الأناشيد التي تمجّدهم، وتعتبرهم مصدر سعادتهم.

يندم الرجل الغريب أنّه لم يكن شفّافاً، صريحاً مع الكاهن. تشرد أفكاره. لم يعد يرى ما يحدث من طقوس. يسأل نفسه: «لماذا لم أقل للكاهن إنني جئت من بغداد بأمر واليها لمعرفة مصير نائل، وما النتائج التي توصّل إليها. لماذا لم أقل له أنا آتٍ من قبل المأمون، وكلّفت بأمر منه شخصيّاً لمعرفة ما خفي عن نائل. ربّما تفشل مهمّتي لو فعلت ذلك. عليّ أن أصل إلى مبتغاي بشكلّ سريّ. (ينتبه إلى الآلهة، وهم يتقدّمون إلى مائدة الطعام المخصّصة لهم، ويتابع ما يحدث في الاحتفال) يرى رجلاً بزيّ مختلف. اللباس عبارة عن قميص كتّانيّ أحمر فاقع، وسروال فضفاض حريريّ أخضر مقلم بأقلام حريريّة بيضاء، ويعتمر قبّعة متطاولة بيضاء بشراشيب جلديّة رفيعة. يصطحب طفلة بعمر لا يزيد عن خمس سنوات ترتدي فستاناً من حرير أبيض، وشعرها مزيّن بورود يغلب عليها زهر الوزّال الأصفر.

تحلّق الجميع بشكل دائري حول الرجل والطفلة. يتبيّن له فيما بعد أنّها ابنته. ينسل منديل أبيض اللون من جيبه، ويسير أمام الجموع، وهو يغنّي، والفتاة تردّ عليه بصوت جميل. كانت الأغنية تقول:

ـــ قولي لهم أنتم جميعاً أهلي!

تردّ عليه: أنتم جميعاً أهلي.

وهكذا.

ــ أنا زهرة بريّة.

ــ أنا زهرة بريّة.

ــ أحبّ الماء والهواء.

ــ أحبّ الشمس.

ــ أحبّ الماء والهواء.

ــ أنا بنت الطبيعة.

أنا أحب القمر، وأحبّ النجوم.

أنا.

أنا.

ثم تدخل الحلقة امرأة هيفاء القامة، صبوحة الوجه. ترتدي ثياب عرسها. تصطحب طفلاً عرف فيما بعد أنّه ابنها، وأنّ الرجل الذي غنّى، والطفلة التي كانت تردّ عليه هما زوجها وابنتها.

على نحو مفاجئ يعلن الكاهن ــ بأمر كبير الآلهة ــ عن انتهاء الاحتفال المفاجئ، دون أن يذكر السبب.

توقّف الجميع للحظات، وكأن على رؤوسهم الطير دهشة، واستغراباً؛ إذ لم يحدث مثل هذا من قبل، سوى مرّة واحدة، حين غزت حرّان أرجال الجراد بشكل مفاجئ، وكان الناس يراقبون (الرأس في الزيت) وكان قد وُضع شاب في الزيت

للتوّ، وألغي يومها هذا التقليد، الذي يعوّلون عليه للنبوءة بما سيحدث في القادم من الأيّام بشكل مؤقّت.

ورد خبر من قبل رجل غريب بهيئة بغدادي عميل للروم، أنّ الخليفة عبد الله المأمون قادم إلى حرّان؛ ثمّ في اليوم التالي كان قد اختفى الرجل، وتبيّن للكهنة أنّ الخبر كاذب، ليكتشفوا أنّه كان دسيسة من قبل الروم لمعرفة ردود أفعال الحرّانيّين حيال هذا الموضوع؛ فالروم على الرغم من محاباتهم للحكم في بغداد يتوجّسون من قرار -لم يكن بحسبانهم- بغزوهم، إذْ إن الأحلام بنشر الدين الجديد، لم تفارق أمراء هذا الدين.

لم يكن هناك وقت بعد أن اكتشفت الدسيسة، لمعرفة ردود أفعال الحرّانيّين، وكان نائل قد ساعد على كشفها. عادت المياه إلى مجاريها، وتعزّزت ثقة الكهنة به. مرّ ذاك النهار بسلام، واستؤنفت تأدية طقوس شهر أيلول في اليوم التالي، وكان الرجل الغريب قد توارى عن الأنظار، واختفى أثره، رغم محاولات البحث عنه.

تم تقديم سبعة خراف مطبوخة للآلهة، بالإضافة إلى خروف لإله الشمال، وشرب كلّ منهم كالمعتاد في مثل هذا اليوم سبعة كؤوس من الخمر.

كان نائل يرصد كلّ ما يجري بدقّة. يرى الجميع وقد اصطفوا كرتل أمام المعبد، والكاهن الأكبر يقف قريباً منهم، وأمامه رجل يحمل حقيبة أشبه بمخلاة. كان كلّ رجل يضع

درهمين في الحقيبة. عرف نائل فيما بعد أنّ هذه الجباية لبيت مال الحرّانيّين.

بدأت قناعات نائل تتزعزع في السادس والعشرين من أيلول حين خرج الجميع إلى الجبل المقابل عند الفجر، بقصد استقبال شمس ذاك النهار المقدّس، واستقبال كوكبيّ زحل والزهرة، وأحرقوا ثمانية فراريج، وديوك عتيقة، وثمانية خراف. يلاحظ بعد الانتهاء من هذه العمليّة أنّ بعضهم يحملون ديكة عتيقة، أو فراريج، نذوراً لربّ البخت، ثم يتوقّف باتجاه الشمس، ويفرد جناحيّ الطير الذي يحمله، ويشعل طرفيهما بالنار، ويرسله إلى ربّ البخت، فإن احترق الطير كلّه، قُبل نذره، وإن انطفأت النار قبل احتراق الطير، لا يتقبّل ربّ البخت هذا القربان نذراً.

ينقضي ذاك النهار، ويفرح من تمّ قبول نذره، ويعود الخائب مغموماً، وبعضهم يغرق في نوبات من البكاء، على حظّه التعيس. يحلّ يوما السابع والعشرين، والثامن والعشرين من أيلول، لتأدية انتهاء الطقوس في هذا الشهر، بتقديم القرابين، والذبائح للربّ الأعظم، ولشياطين الجنّ، التي تمنع الشرّ عنهم، وتعطيهم حظوظهم، والبخت لكلّ واحد منهم في الأيّام المقبلة.

ينتظر نائل السابع والعشرين والثامن والعشرين من أيلول، على أحرّ من الجمر، ليعرف ما سيحدث. يُصاب بخيبة

لأنّ ما جرى لم يكن كما كان يتوقّع. فقط يحتفل من تمّ قبول ما نذروا وما قدّم هؤلاء هم قرابين للربّ الأعظم، وللجنّ، لتتحقّق أمانيهم بفضلها.

ثم ينتظر طقوس تشرين الأوّل، التي تتمّ في منتصف الشهر، وتقتصر على إعداد الأطعمة للموتى؛ إذ المطلوب من كلّ رجل حرّانيّ أن يشتري من السوق أيّ شيء من لحوم، وفواكه. ينهمك الجميع بطبخ أصناف عديدة، وإعداد الحلوى، ثم ينتظرون حلول الليل، ويحرق كلّ شخص ما أعدّ، مع فخذ جمل، وإلقاء ما أحرقه للكلاب المؤذية، كي لا تنبح على موتاهم.

يرى نائل تلك الطقوس، ويختزن ما يحدث في ذاكرته، التي لم تتعوّد على أيّ شيء ممّا يحدث؛ فذاكرته المليئة بخبرات دينيّة مغايرة تماماً لهذه الخبرات، عليها أن تجمع النقيضين مرغمة.

يطلّ تشرين الثاني، وعليه أن يصوم مثلهم تسعة أيّام من الإحدى وعشرين يوماً تنتهي في التاسع والعشرين منه، ليكون صيام اليوم الأخير لربّ البخت، الذي لا يقبل الصيام، إلاّ إذا كانوا منذ بدء الصيام يفتّون الخبز الطازج، ويخلطونه بالشعير، والتبن، واللبان، والآس الرطب، ويرشون الزيت على هذا الخليط، ويبدّدونه في منازلهم، وهم يقولون، ويردّدون:

يا طرّاق البخت!

هاكم خبزاً لكلابكم!

وشعيراً وتبناً لدوابكم!

وزيتاً لسرجكم!

وآساً لأكاليلكم!

ادخلوا بسلام!

واخرجوا بسلام!

واتركوا أجرة حسنة لنا ولأولادنا!

ينقضي النهار، ويذهب نائل للبحث عن طيبا، ليعرف ما حدث معه بشأن ميس؛ وهل وجدها، أو عرف شيئاً عنها.

كان طيبا قد ودّع إله القمر (سين)، منذ فترة، ولم يكن رأي هذا الإله له وقع لديه. تطرق ميس باب ذاكرته بقوّة هذه المرّة. يعتبر ذهابها مع شابّ آخر كهزيمة في معركة غير عادلة، وعليه أن يثأر لنفسه منها. فقدُها لم يكن عاديّاً، بل كان فيه شيء غامض، وملتبس، وتصرّفها الغريب، لم يكن تصرّف ميس، التي يعهد بها ما هو مختلف جدّاً عن الكثير من بنات جيلها

يرتدي ثيابه الصوفيّة اتّقاء لبرد الشتاء، وزوّادة طعام تكفيه ليومين على الأقلّ، ويعود إلى الجبل الذي تمّ توصيفه

له من قبل أحد الحطّابين. على الرغم من جوّ الشتاء البارد، رأى أنّ مثل هذا الجوّ سيكون عاملاً مساعداً له. سيشعل المتوارون النار في كهوف الجبل. سيتصاعد دخان منها يكون دليلاً على وجود الإنس فيها. تبادر إلى ذهنه ما قد يلاقيه من مخاطر؛ فالجبل المذكور فيه الذئب، والفهد كحيوانين شرسين لا سبيل إلى مقاومتهما إذا لم يكن مسلّحاً، ومعه رفيق طريق، ولا يكفي المرء أن يكون شجاعاً في مثل هذا الموقف. بدأ التردّد يتسرّب إلى عزيمته. يقول في سرّه: «كان على ميس أن تفكّر بي، كما أفكّر بها. إنّها حتّى الآن لم تبادر بأيّ بارقة أمل!».

يسير في طريق متعرّجة بين بيوت يعرفها جيّداً، وله فيها ذكريات طفوليّة حميمة قادته إلى صديق له لم يره منذ مدّة. تستقبله أمّ صديقه. يسألها عنه، فتنفر من السؤال، وكأنّما نكأ جرحاً في صدرها: تسألني عمّن أعتبره ميتاً. حتّى أنت عليك أن تنساه. نعم، أنصحك أن تنساه.

لم تقل لطيبا السبب، وسكتت. بدا عليها الضيق، والتوتّر، وطيبا ينتظر أن تهدأ ممّا هي فيه، ليسألها. شعرت أنّها كانت فظّة مع طيبا. قالت له: «أتمنّى ألاّ أكون قد آلمتك. ابني لا يستحق أن أكون أمّه. كلّ رعايتي له ذهبت مع الريح. الوغد نسي حتى الحليب الذي رضعه من صدري». (راح الضيق الذي كان يستبدّ بها يتلاشى شيئاً فشيئاً) تابعت كلامها بهدوء: «لم أستطع أن أقنعه بالزواج من ابنة أختي. أنت -بالتأكيد-

تجهل ما حدث، لأنّك لم تره منذ مدّة، ولا تعرف عنه شيئاً. يقولون إنّه في كهوف الجبال مع (كلبته). أقصد البنت التي لعبت بعقله، فهربت معه. الأصحّ، أنّه هو الذي ذهب معها. لقد ألحق بي العار. كنت أعتقد أنّه سيكون سنداً لي بعد وفاة أبيه، لكنّه خذلني!».

تنصحه هذه المرأة ألاّ يتبع ما يقوله له قلبه، لأنّ حواسّ الشباب سريعة التأثر برائحة النساء، بأصواتهنّ، بأشكالهنّ. هذه الثلاث تجعله متطلّباً أكثر. يريد أن يتذوّق، ويتلمّس، وأكثر من هذين. النساء لسن قميصاً حريريّاً معطّراً ترتديه إلى حين. النساء حتّى لو رأيتهنّ كعرائس من عسل لا تنخدع بهنّ. ابني لم تكن في رأسه ذرة عقل حين اتّبع قلبه؛ وكي لا تقول أنا مجحفة بحقّ النساء، وهنّ من جنسي، فالذكور أيضاً فيهم من الغش، والخداع ما لا يقارن بالقليل، الذي تتّصف به الإناث.

البنت التي ذهبت مع ابني أيضاً ما برأسها ذرّة عقل. لو كانت تعرفه كما أعرفه لما أصغى له قلبها. فهو لا يستحق أن تحبّه فتاة. ابني وأعرفه، لم تكتمل رجولته. ليس من حقّ أيّ شابّ أن يذهب بفتاة لتموت من الجوع، أو ليغريها من هو أفضل منه، أو لا تجد لديه ما كان تحت يديها في بيت ذويها.

كان طيبا في تلك اللحظات، التي تتكلّم فيها، مستغرقاً يفكّر في أمر آخر، وكأنّ الأمر لا يعنيه. كان يتذكّر أمنية أمّه له بأن يصبح طبيباً، وعليه ـ ليتحقّق حلمها ـ أن يذهب

إلى أي مكان فيه من يعلّمه الطبّ على أصوله، ولا يخلط معه السحر، كما يفعل المدّعون، والمعتدون على هذه المهنة، ويتساءل في سرّه: «ربّما لو أطعتُ أمّي، ووضعتها قبالة عينيّ لتخلّصت من رابوط ميس، والتخوّف الذي يلازمني من اختيار الكهنة لي كي أكون للزيت، وللموت المؤكّد بهذه الطريقة، التي لم تثبت جدواها في معرفة ما سيحدث في المستقبل، إلاّ من باب المصادفة.

يصحو من شروده. ينتفض كما لو أصابه مسّ. يودّع المرأة، ويقرّر أن يحاول التخلّي عن التفكير بميس، والعودة إلى منزل ذويه، ليدرس أمر السفر إلى أيّ بلاد يجد نفسه فيها بعيداً عن الأذى الذي قد يلحق به بسبب (الرأس في الزيت) لدى قومه، وقرار المأمون بالنسبة إلى الحرّانيّين، وما ينطوي عليه من شتاتهم، وتفرقتهم.

يستقر رأيهم جميعاً على قرار سفره، بشرط فرضه الأب عليه، فحواه الانتظار حتّى فصل الربيع، والاحتكاك بالفلكيّين، والتجّار، الذين سيرافقهم، وتعاملهم مع الأغراب، وما يمكن أن يحمله معه من حاجيات، وأدوات؛ والأهم من كلّ ذلك انتظار القوافل المحليّة المسافرة، أم القوافل العابرة، والقادمة من الأقاليم البعيدة كالهند، والصين وغيرهما، ليختار القافلة الأكثر أماناً وأمناً ليرتفق بها.

كان شهر كانون الأوّل منذ بدايته، في ذلك العام، هو

الأشدّ برودة، وعواصف ثلجيّة، من كلّ الشهور المماثلة في سنوات سابقة، الأمر الذي جعل كبير الآلهة يعطي أوامره الصارمة بإلغاء طقوس ذلك الشهر، واقتصر الأمر على نصب قبّة الخدر لبلثي على رخامة المحراب في المعبد، كما يطلقون عليها، ولم يعلّقوا عليها كعادتهم أصناف الثمار، والزهور، والرياحين، والورد الأحمر الجافّ، ولم يقدّموا قرابينهم التي يذبحونها من ذوات الأربع، لبنات الماء، وللإلهات المستورات البعيدات النائيات. لكن اليومين الأخيرين من الشهر كانا مشمسين، لاستكمال طقوس ذلك الشهر، فحضر من حضر إلى المعبد، وكان بين الحضور طيبا، ليستمعوا إلى خطبة الكمر (خادم المعبد) كإحدى محفوظاته المقدّسة، التي يأمل بها الخلود لحرّان، وكثرة النسل، والإمكان، والعلوّ، واستعادة حرّان لمجدها بعد أن دمّر ملك الروم أصنامهم، ونصّرهم يومها بالقوّة، ثم عادوا إلى معتقداتهم، لكن على خوف، ورهبة لطالما فقدوا دولتهم...

يُشاع في حرّان أنّ غياب ميس لم يكن غياباً بإرادتها؛ إنّما هي مختطفة من قبل سحرة أشرار من خارج المجتمع الحرّانيّ، ووقعت تلك الإشاعة على طيبا كالصاعقة، وبدا حائراً لا يعرف ماذا سيفعل. يعلم من أحد أصحابه أنّ موضوع ميس أضحى بعهدة الكهنة، فيجد نفسه أن لا حول له ولا طول..

يجتمع الكهنة في اليوم التالي، وينتهي اجتماعهم دون قرار قطعيّ، بعد أن تضاربت آراؤهم، وأحيل الموضوع إلى

كبير الآلهة، فيرى ألاّ ينفرد برأيه، وعلى جميع الآلهة تحمّل مثل هذه المسؤوليّة؛ إذْ لأوّل مرّة تحدث خطيفة بنت حرّانيّة، وتلك أكبر إهانة يتعرض لها مجتمعهم، عدا عن أنّ مثل هذا الخرق لمجتمعهم المكتفي بنفسه يشكّل عدواناً صريحاً عليهم، وعلى تقاليدهم، وعلى إرثهم من الخبرات الروحيّة، التي لا يمكن التساهل بزعزعتها، وهم المسالمون، الذين لم يفكّر أحد منهم، في يوم من الأيّام، أن يمسّ كرامة أحد من كلّ الجوار، الذين يختلفون معهم في العقائد، والعادات، والتقاليد.

يقرّر كبير الآلهة أن تجتمع الآلهة سرّاً برئاسة إله القمر، على أن تُقدّم له نتيجة اجتماعهم بكلّ تفاصيلها، وبرأي كلّ واحد منهم، ليتّخذ القرار المناسب على ضوء ذلك، وذلك في غضون يومين على الأكثر. يضع إله القمر جدولاً لأعمال الاجتماع من بندين فقط: الأوّل ليس من الضرورة أن يتحدّث الجميع، والثاني استدعاء طيبا إذا لزم الأمر، لأنّ قصّته مع ميس، تلوكها ألسنة كثيرة.

ينعقد الاجتماع في اليوم التالي، ولم يتغيّب عنه إلاّ إله المرّيخ الأعمى، أريس، وهو الاسم الذي حمله رجل أعمى، يدعى جنجي بن سنان، لتميّزه عن المبصرين والمكفوفين في كلّ مناطق حرّان بالحكمة، وأسرار النجوم كهبة من خالق السماوات والأرض، حسبما يُقال عنه.

كان أوّل المتحدّثين (بلثي) إله الزهرة. قال: «أنا أكثر من يعرف البنت ميس، بسبب معرفتي لذويها جميعاً، وزياراتي المتكرّرة لأبيها، وخدمة ميس لضيوفه، وأنا منهم.

ميس كوردة في البريّة، وليست كورد البيوت. ميس لا عشب حولها، لا شوك، ودائماً هناك يد ترعاها. لا أعتقد أنّها تكون قد خُطفت من قبل أحد؛ بل تكون قد ذهبت برضاها مع أحدهم، وهذا برأيي ما يجب أن نتوقّف عنده، ونبحث فيه».

لنستمع إلى آخر. قال إله القمر!

(بال) إله المشتري يتنحنح، ويدلي برأيه:

«المرأة مخلوق غامض، وغموضه محيّر. البنت ميس لا تختلف عن بنات جنسها، إلاّ أنّها متفوّقة عليهنّ بذكائها، ومثل هذا التفوّق يجعلها تنظر إلى أيّ شيء من أعلى، فترى كلّ شيء صغيراً. فحتّى لو نظرت إلى عين الشمس، تستغرب كيف لا تهدأ قليلاً عن بثّ أشعّتها ريثما تنتهي من النظر إليها. أنا لا أسمّي هذا غروراً كما يحلو لبعضهم أن يصف به من يتّصف بما تتّصف به هذه البنت؛ كما لا أسمّيه شذوذاً. إنّه جوّانيّة المرأة، أيّ امرأة؛ لكنّه لا يظهر إلاّ في حالات معينة شبيهة بحالة ميس. أقول ما قلت لعدم معرفتي بها، أو بأهلها. إنّما أصف ما في طباع النساء، ممّا لا تراه العين، بل يدركه العقل»

(يسكت قليلاً ليرى ما على الوجوه من تعبير كردود أفعال، ويضيف): إنّي على يقين من أنّنا لن نصل إلى نتيجة بشأن مصير هذه البنت!

يقاطعه الإله عطارد:

ـــ لا بدّ من روح عطارديّة تكشف لنا المخبوء؛ لذا لا بدّ من الاستعجال في البحث عمّن تكون فيه هذه الروح، وتظهر لنا هذه البنت، بعد أن يوضع في الزيت..

يقاطعه مدير الاجتماع غامزاً من رأيه هذا:

ـــ أخطأ كبيرنا حين اختارك أيّها العطارديّ؛ كان عليه أن يجد لهذا المقام العالي من يشبه العطارد هرمس، الذي افتقدناه، وكسبته بلاد النيل. هو أبدع ما لم يبدع سواه، عن مفاتيح النجوم، والمكتوم من أسرارها، وتسيير الكواكب، وغيرها؛ أنت لم تأتِ بشيء منذ تنصّبت هرمساً. إنّ رأيك الذي طرحته سيقلب موازين أشياء كثيرة لو حصل!

ـــ أنا قلت رأيي، وأتحمّل مسؤوليته. سجّله كما ورد!

ـــ يبدو أنّ للشائعات عن مرور أمير المؤمنين من هنا جعلك تتكلّم بهذه اللهجة بشأني. أرى أن ننهي هذا الاجتماع؛ لقد كان دون نتيجة. فكّروا أكثر؛ ففي الغد سنعقد اجتماعاً، في التوقيت هذا، وفي ذات المكان. سيكون أمامكم متّسع من الوقت لتفكّروا أكثر، كي نصل إلى نتائج صائبة.

كانت قد انتشرت إشاعة أخرى أنّ بعض العسس، الذين لم تُعرف هويّاتهم قدموا إلى بعض القرى الحرّانيّة بصفة تجّار، ومنجّمين، وباحثين عن كنوز، ووجدوا من يرحّب بهم.

المأمون بجيشه إلى بلاد الروم

[6]

كان الخليفة عبد الله المأمون قد أعدّ عدّة المسير قاصداً بلاد الروم، وتمّ تجهيز القوّة التي ترافقه من جيشه لمغادرة بغداد، بعد أن تلقّى من كلّ خلايا العسس، التي بثّها على طول الطريق، وفي جميع البلدات التي سيعبرها، أنّ الطريق آمنة.

أعطى المأمون أوامره لأحد قادته، أن ينطلق وبعض جنده ليبلّغ سكّان المناطق التي سيمرّ بها ألاّ يقوم أحد منهم بأيّ تصرّفات تسيء لأمير المؤمنين، وأنّ على وجهائهم أن يكونوا على استعداد لاستقباله، والاحتفاء به.

يتلقّى كهنة حرّان تلك الأوامر على مضض. كانوا الأكثر قلقاً بين الناس من هذا الأمر بعد انتشار هذا الخبر بينهم، الأمر الذي جعل كبير الكهنة يدعو الرجال إلى المعبد، ليسمع منهم ما يؤرّقهم، ويزيل الشكوك التي تراودهم؛ لأنّ أمير المؤمنين عبد الله المأمون بنظره لا يمكن أن يستعدي الناس، أو يتدخّل في شؤونهم.

لم يعقد الاجتماع سرّاً، وبإمكان أيّ من الحضور أن يدلي برأيه، وبصراحة تامّة، كما هي عادتهم حتّى بمناقشة الأمور العائليّة، إذْ لا فرق بين الأمور الخاصّة، والعامة، في اجتماعاتهم.

لم يكن أيّ شخص منهم يتوقّع أن تبدأ الحديث هذه المرّة امرأة. ممّا قالته حول المأمون أزعج بعضهم. حرفيّاً قالت

«زوجي يعرف المأمون شخصيّاً؛ فحين ضاقت السبل به هنا، وذهب إلى بلاد المسلمين حالفه الحظّ، وعمل في خزانة دار الحكمة لدى سهل بن هارون يحرسها، وينظّفها، والمأمون لم يقطع زياراته لها أبداً. يأتي مع من يأتي معه محمّلاً بهدايا للعاملين في الدار. يكرم الجميع، ويستمع إليهم دون أن يستصغر من شأن أحد منهم (خلعت الشال عن كتفيها ورفعته في الهواء) هذا الشال هديّة لزوجي منه؛ ولو حضر زوجي اليوم هذا الاجتماع لسمعتم منه الكثير، لكنّ مرضه منعه من ذلك. ليس عندي ما أقوله أكثر من ذلك».

حدث هرج، وهمس بين الحضور. رفع الكاهن يده، وأمر بالصمت. أحدهم من الواقفين في الخلف قال همساً بصيغة سؤال سمعه من حوله فقط، واعتبره بعضهم شرارة تشعل الخلاف فيما بينهم:

«كيف لقاتل أخيه أن يكون فيه الخير لأحد؟».

قال الكاهن:

على زوجك أن يأتي، ويوفّر علينا الكثير من نقاشات دون جدوى، والمرض لا يمنعه من الحضور. بيتكم قريب من هنا. ليذهب أحدكم، ويبلغه أن يحضر على الفور!

يدخل طيبا ويقف في الصفّ الخلفي دون أن ينتبه إليه أحد سوى الواقفين في هذا الصفّ.

يحضر طيّب، زوج المرأة. يطلب الكاهن منه أن يتحدّث للحضور عمّا يعرفه من مزايا المأمون أكانت خيراً أم شرّاً. يقول طيّب وعيناه تجوسان النظر بوجوههم ليرى ردود أفعالهم:

ـــ مزاياه في الوجهين لا تُحصى. أنا أوّلاً لست نمّاماً لأنمّ عن هذا الرجل، الذي أكلت من خيره، وعشت في كنفه عيشة رضيّة، معزّزاً، مكرّماً كغيري ممّن خدموا تحت جناحه؛ لكن أمور أهلي الحرّانيّين هنا لها الأولويّة عندي. سأقول ما يمكن أن تبنوا عليه قراراتكم بشأن ما يستجدّ من أمور قد يفرضها الأغراب علينا: خليفة المسلمين هذا لم يكن يميّز بين شخص وآخر، من عمّاله، وموظّفيه، وولاته، وحتّى جواريه، وعبيده؛ لكنّه في المقابل لا يرحم من يتعدّى ما يتوجّب عليه، ولم يغفر خطيئة لأحد إلاّ ما ندر. هو لين إلى أقصى حدود اللين، وقاسٍ إلى أقصى حدود القسوة، في الوقت ذاته..

يقاطعه الكاهن:

ـــ نريد شواهد على ما تقول يا طيّب؟!

ـ لن أطيل الكلام عليكم. سأختصر ما استطعت. هناك شواهد كثيرة. سهل بن هارون صاحب خزانة دار الحكمة، والذي كنت أعمل تحت يده، لم يكن عربيّاً، بل كان فارسيّاً، ويصنّفونه شعوبيّاً أيضاً، وكان له شأن عند المأمون. كذلك لديه علاّن الشعوبيّ أيضاً، كان ينسخ الكتب عندنا في دار الحكمة، وله كلّ التقدير من قبل المأمون، وهارون الرشيد، والبرامكة من قبله. على الرغم من أنّ له كتباً في مثالب العرب؛ كذلك هناك شخص لا يحضرني اسمه هذه اللحظة، يقدّره المأمون رغم اتّهامه بالزندقة. لقد تذكّرته، وتذكّرت اسمه. هو عليّ بن عبيدة الريحانيّ؛ كما أنّ بعض الأشخاص تخلّوا عن معتقداتهم، وأسلموا على يد المأمون ذاته. أذكر منهم يحيى بن مولاه أبي منصور أبان، وهو من سلالة يزدجرد بالأصل.

في جعبتي الكثير من القول حول هذا الرجل، وحول غيره ممّن سبقه من الخلفاء: الفضل بن مروان بن ما سرخس، من قرية سلي النصرانيّة. خدم المأمون أيضاً، وعاش أبو الفضل هذا ثلاثاً وتسعين سنة مكرّماً لدى خدمته للمأمون، ولو أنّه قليل العلم، لكنّه كان خدوماً جيّداً، ولم يكن المأمون يبالي بما يعتقد.

وسأحدّثكم عن رجل اسمه ثمامة بن أشرس، من بني نمير، يُقال له أبا بشر. نبيه من جلّة المتكلّمين المعتزلة. كاتب بليغ، وبلغ عند المأمون منزلة جليلة، وأراده على الوزارة، فامتنع، ولم يؤذه، بسبب ذلك، ولم تجلب له عقيدته كمعتزليّ أيّ نكد،

وكان قبل المأمون مع الرشيد، ووجد عليه، فحبسه عند غلام. وكان يقرأ: «ويل يومئذ للمكذّبين»، فيقول: ويحك (المكذّبون الأنبياء عليهم السلام!) فضربه، ويقول له: أنت زنديق، ثم حكى الخبر للرشيد عند عفوه عنه ــ كان حبسه لمّا نقم على البرامكة لاختصاصه بهم ــ فضحك الرشيد، وأحسن جائزته، وكتب إلى الرشيد قصيدة، من الحبس مسترحماً ليعفو عنه. لم أحفظ منها سوى آخرها. يقول:

«ولم تزل طاعتي بالغيب حاضرة ما شابها ساعة غشّ ولا غِيرِ, فإن عفوت فشيء كنت أعهده أو انتصرت فمن مولاك تنتصر».

وبلغ المأمون أنّه لا يقوم لطاهر بن الحسين، ويقوم لأبي الهذيل، ويأخذ ركابه، حتّى ينزل، فسأله عن ذلك، فقال: أبو الهذيل أستاذي منذ ثلاثين سنة.

يقول الكاهن لطيّب:

ــ يكفي إلى هنا. أخشى بعد ذكر حسنات هذا الرجل أن نرتدّ عن ديننا، ونصبح كلّنا مسلمين!

ما قلته يا طيّب يطمئننا تجاه هذا الرجل، ويجعلنا نأمن جانبه، لطالما لا تعنيه عقيدة الآخرين، بل يعنيه ولاؤهم، وجهدهم، وإخلاصهم لعملهم (يشير بيده إلى الحضور سائلاً): من يريد منكم أن يتحدّث بشيء، بعد أن سمع ما سمع من

أخيكم طيّب؟ يقف شخص في الخلف، ويطلب الإذن من الكاهن ليتكلّم.

يوافق له الكاهن بإشارة من يده. يقول:

ــ هل يُعقل أن يكون خليفة المسلمين هذا من طينة غير طينة من سبقه من الخلفاء، حتّى تكون له هذه الصورة، التي لا تشوبها شائبة؟!

ــ فلنتوقّف عند هذا الحدّ. لا شأن لنا بسوانا! (يجيبه الكاهن) بإمكانكم جميعاً أن تنصرفوا إلى بيوتكم، وأعمالكم. (يضمر في سرّه أن يجتمع الكهنة، ويناقشوا موضوع المأمون، وما يترتّب عليهم).

لم تسر الأمور على ما يُرام بعد أن فُضّ الاجتماع، وخرجوا؛ التفّ عدد من الأشخاص حول طيّب، وراحوا يكيلون له الأسئلة حول ما تكلّم به بشأن المأمون، وحاول التملّص منهم بحجّة مرضه. لكنّ السؤال التالي من قبل أحدهم له استوقفه. يقول السؤال:

ــ كيف كنت تؤدي طقوس عبادتنا في بلد مسلم؟!

ــ كنت أؤدّيها سرّاً!

ــ وهل كانوا راضين عنك، وأنت لم تمارس طقوس عبادتهم؟!

ــ على العكس. كنت أمارس طقوسهم. أصلّي صلاتهم.

أصوم صيامهم. أزكّي. وأحضر أفراحهم، وأتراحهم. أعود مرضاهم. أشارك جنائزهم.

يقاطعه أحدهم:

ـــ يعني أنّك منافق؛ لأنّ دينهم لا يشرك به أحد. فأنت حرّانيّ، ومسلم في آن واحد!

ـــ وهذا أنا بينكم، وأمارس العبادات مثلكم. هل انتقص منّي شيء؟!

ـــ باختصار. أنت منافق!

ـــ لو كنتم مكاني، وفي أجواء هؤلاء، الذين عشت بينهم لفعلتم مثلي، وكنتم مثلي.

انفضّوا من حوله، وذهب كلّ منهم في حال سبيله، وتابع طيّب سيره إلى منزله. لحقت به زوجته دون أن يكلّم أحدهما الآخر.

يلحق به طيبا. يعبّر له عن إعجابه بما قاله للحضور حول خليفة المسلمين، ويستأذنه دخول بيته. يستضيفه طيّب بأريحيّة. يسأله طيّب أسئلة كثيرة حول حياة المسلمين، وطريقة عيشهم، وطباعهم، وعلاقاتهم بالآخرين. يخرج طيبا من منزل طيّب، ولا ينقصه إلاّ التشهّد، والتكبير، ليصبح أوّل المؤمنين بدين الخليفة العابر من بلاده.

يجتمع الكهنة مساء ذلك اليوم، ويتحدث إليهم الكاهن هرمس الصغير عمّا جرى في اجتماع النهار مع الناس، وعمّا سمعه من طيّب. قال الإله بال:

«أعتقد أن يتصرّف المأمون - في حال مروره من المنطقة الحرّانيّة- تصرّفاً لا يرضي أحداً بعد عودته من خراسان، والتي لم يخرج إليها في نزهة، بل كان يدعوهم إلى دينه، ومن لم يستجب لا أحد يعلم ماذا حدث، ويحدث، أو سيحدث؛ المأمون ليس من السهل ثنيه عمّا يريد. علينا أن نكون مستعدين لكلّ الحسابات، التي يمكن أن تطرأ، وإلاّ سنقع في المحذور».

يجيبه الإله قرنس:

«علينا ألاّ نستبق الأمور، فالمأمون من أصحاب الدين الجديد، وهؤلاء يأخذون كلّ شيء بالحسنى، على ما سمعت من الوافدين العاملين في بلادهم، أو من التجّار الغرباء، الذين يجولون في بلادنا، أو يعبرون منها. أعتقد أنّهم في المحصّلة سيكونون مثلنا، في تعاملهم مع غيرهم من معتقدات. نحن لا نلزم، ولا نجبر أحداً، على أن يترك معتقده، ويتبعنا. البوذيّ الذي يأتينا يمارس عبادته، وكأنّه في بلاد السند، والهند، والنصرانيّ أيضاً. كذلك من هو على دين المسلمين، أو على غير هذا الدين».

يتململ الإله بلثي، ويقول:

«أنا أرى الأمور كما ترى، لطالما نوايانا طيبة لا أعتقد أن الآخرين يحملون نوايا عدوانيّة. نحن منذ زمن بعيد نعيش وإيّاهم بسلام، وطمأنينة؛ وكلّ دعاة الغزو والحروب، الذين تركوا بصماتهم بين الشام، والفرات، والنيل، واليمن السعيد، وبلاد فارس، والروم ألقى الكثيرون منهم سلاحهم».

يتنحنح هرمس الصغير، ثم يحوّل نظره من إله إلى آخر. يصمت قليلاً، ويبدأ الكلام بهدوء:

«لا تأخذوا الأمور على نيّاتكم. كلّ ما تراه بصيرتكم قد لا يكون صائباً. نحن لنا أكثر من تجربة بشأن استكشاف المستقبل، ولم ينبئنا الحقيقة إلاّ الرأس في الزيت. أنا درست أمر المأمون من جميع جوانبه، ولم أر إلاّ أن نفعل كما فعلنا في مآزق سابقة، وكما فعل آباؤنا، وأجدادنا. (يصمت قليلاً، ثم يتابع كلامه) كانت خطيئتنا كبيرة حين لم نتابع وضع طيبا في الزيت.

(ينظر إليه الجميع مندهشين لما قال) علينا أن نعيد طيبا إلى الزيت. لديّ سرّ أخفيته عنكم، والآن سأبوح به: أرسلت ساحرة الجبل إلي امرأة من أتباعها الساحرات، وأسرّت لي أنّنا سندخل في متاهة، وليس أمامنا إلاّ شابّ يدعى طيبا يكون بما

يقوله الخلاص، والخروج من المتاهة، والمتاهة هي بلا شك ما نفكّر فيه الآن، ولم نصل إلى نتيجة. لا بدّ من إلقاء القبض على طيبا، وإعادته إلى الزيت ليتنبّأ لنا بما سيحدث، ويشير إلى ما يجب فعله! (كان يكذب عليهم)».

يقاطعه الإله بال:

«لم تقل ساحرة الجبل: ضعوه في الزيت. لماذا لا نتأكّد منها الحقيقة؟!».

يجيبه هرمس:

«لن ننتظر منها أن تملي علينا قراراً. القرار بيدنا، ولن نقبل اعتراض أحد. الآلهة التدمريّة عشرون إلهاً، وكلمتهم هي العليا، ولم يحدث أن اختلفوا على رأي. أعرف ما يدور في خلد بعضكم؛ قد يقول قائل منكم: لا يتوجّب علينا أن نتبع الأجداد فيما كانوا يفعلون، وقائل: إنّ موت إنسان جريمة. إنّ الرأس في الزيت له أكثر من إيجاب: هو أوّلاً يساعدنا على ضبط إيقاع حياتنا، ولو أنّ بعض الناس يضمرون ـ بدافع الخوف ـ أنّ ذلك عقوبة لإنسان بريء. الرأس في الزيت، يتكلّم ما في عقله الباطنيّ، وما يوحي إليه به الغيب ما لا يجرؤ أن يقوله علناً، وهذا بحدّ ذاته، ما هو مطلوب كنبوءة. نحن الآن في وضع حرج: أمير المسلمين سيمرّ من بلادنا، ولا نعرف ما يضمره لنا، أو لغيرنا. لا نعرف إن كان قادماً ليغزو الروم، أو لزيارة وديّة، أو لتمتين علاقاته مع شعب الروم، أو سيدعوهم إلى دينه

مبشّراً كالنصارى، أو بالقوّة، كما فعل بعض أسلافه. ما يعنينا من كلّ هذا أنّ علينا أن نفهم ما تنطوي عليه الأمور، وإنّ وضع طيبا في الزيت سيريحنا من كلّ هذه الهواجس، ويدفع عنّا ما يقلقنا. هل سأل أحدكم: من سيصطحب المأمون معه؟ هل سيرافقه جيش جرّار، كما هي عادة قادة المسلمين؟ أم سيكون معه وفد من حكمائه، وأطبائه، وشعرائه، ومترجمين فقط؟ أم بعض حاشيته من وزراء، وخدم، وجوارٍ؟ أتوقّف عند هذا الوفد قليلاً لأنّي أرجّح أن يكون وفده منهم، وعلينا أن نستعد لاستقباله استقبال الملوك بالأفراح، وأن ننصب السرادق، والخيام، وكلّ ما لدينا من شباب، وبنات يجيدون الغناء، والرقص، ولن ننسى أن نعطي أوامرنا ــ كما العادة ــ للميسورين منّا أن يقدّموا الذبائح من عجول، وأكباش غنم، وطيور لإعداد وليمة تليق به، وبمرافقيه. هل لديكم أيّ اعتراض على ما أقول؟!».

الإله أريس يجيبه:

«ليس لديّ اعتراض، لكن لديّ استفسار عن بعض ما قلته؛ هل سيكون استقبالنا له دينيّاً، أم عاديّاً؟ فإذا كان دينيّاً، علينا أن نرتدي ثياباً جديدة، من قباءات، وشالات، وزنانير، وجزمات. كلّ ألبستنا باتت باهتة، ولا تليق بالمهمّة، ولا تفي بالغرض. كذلك أن يُختصر الفرح بالأناشيد الدينيّة، والطبول، والمزامير فقط؛ فما قلته يوحي بأنّ استقبالنا له سيكون عاديّاً؛ وبرأيي أن يكون استقباله دينيّاً وشعبيّاً في آن واحد؟!».

أجمع الكلّ على أن يكون الاستقبال على هذا النحو، وطلب هرمس الصغير أن يعدّ كلّ منهم لباساً دينيّاً جديداً، وعلى وجه السرعة.

اختصّ الإله أريس في نهاية الاجتماع بالطعام، والإله بلثي بالأناشيد، والغناء، والموسيقى، والرقص، وهرمس لشؤون الاستقبال، والترحيب بالمأمون ضيف حرّان.

أمّا إله القمر (سين)، فقد أوكلت إليه مهمّة البحث عن طيبا، وإحضاره لترتيب عمليّة وضعه في الزيت، لمعرفة ما سيحدث، بعد أن يمرّ المأمون من حرّان.

صباح اليوم التالي، تم إبلاغ الناس في حرّان وضواحيها قرار الكهنة، عدا ما أوكل إليه إله القمر، فقد ظلّ سرّاً، حتّى لا تفشل مهمّته.

وكان مفاجأة غير متوقّعة للكثيرين بقدوم المأمون، واستقبل الناس هذا الخبر بتوجّس، فكان منهم المصدّق، والمشكّك، والمستنكر.

الليلة التي مرّت على إله القمر بعد تكليفه بإحضار طيبا كانت من أصعب الليالي عليه، وأشدّها ظلاماً، فوالد طيبا، من أعزّ أصدقائه، ويعرف أنّ أمّ طيبا لا ترضى لابنها هذه الميتة البشعة، والتي يقابلها ترحيب أبيه بها لأنّها مفخرة يعتزّ بها، وأنّ رضى الآلهة أهمّ من حياة ابنه، بل ومن حياة أيّ إنسان،

وأنّ هذا الطقس هو الأهمّ بين الطقوس، التي تشكّل إيمان الحرّانيّين، وعبادتهم وما نشأوا عليه، وشكّل لديهم أهم ما يعطي لوجودهم معنى، ولآخرتهم خلودهم، في دنيا زائلة ليست إلاّ محطّة صغيرة، ورحلة قصيرة، في عمر أيّ أنسان.

إله القمر بدا شارداً طيلة السهرة، التي قضاها مع أسرته. نام كلّ أفرادها، ما عداه؛ فقد خرج إلى ساحة داره يتمشّى حزيناً لأنّه في قرارة نفسه، ومن الأسرار التي لم يبح بها لأحد، لا يحبّ قصّة الرأس في الزيت معلّلاً ذلك أنّ كل نبوءات الذين وضعوا في الزيت أثبتت أنّها دون جدوى. المصادفة وحدها جعلت أسلافنا، وجعلت قسماً منّا تعتقد أنها نبوءة. لماذا لم يتنبّأ السابقون ممّن أنهى الزيت حياتهم بما يصيبنا الآن من ذعر بسبب عبور رجل غريب كالمأمون، على ما له من أهميّة كحاكم لبلاده، ولم نتدخّل ببلاده، ولا بمعتقداتها، ولا بعادات أهلها، ولا بغيرهم، ولا نتدخّل بمن يعيش معنا هنا من نصارى، ويهود، وعبدة أوثان؟ لماذا أصابنا كلّ هذا الذعر، ولم يقل لنا أيّ رأس في الزيت من قبل عما يجري الآن، وعمّا سيحدث فيما بعد؟!

يضع إله القمر رأسه على الوسادة إلى جانب وسادة زوجته، وهي تغطّ بنوم عميق. يتمنّى أن تصحو ولو بعض الوقت ليبوح لها بما يقلقه لعلّها تخفّف عنه ما يعانيه من أرق. بكلّ هدوء يتلمّس شعرها، ويحاول أن يزيح خصلة منه انسدلت على وجهها. يغفو قليلاً، ويصحو مذعوراً من حلم

كان كابوساً مزعجاً، إذ التفّت حوله ساحرات شرّيرات بهيئات لم يعهدها على بشر، أو جنّ. كنّ على شكل عفاريت، بقرون، ووجوه وحشيّة، ورائحتهنّ كرائحة حيوانات خارجة للتوّ من مستنقع موحل، وقذر. ينهض من فراشه، ويتمشّى في الخارج، والقمر يدخل في المحاق. يستند إلى شجرة لوز معمّرة في ساحة داره المسوّرة بحجارة أخفتها نباتات اللبلاب، التي تسلّقت عليها، وتدلّت إلى ما خلف السور. يقول بصوت هامس: «كان على أبي أن يزرع الورد بديلاً عن اللبلاب!». تستعرض ذاكرته كابوس الساحرات ويتناساهنّ. يتمتم بصوت خفيض: (وماذا بعد؟!) ثمّ كرّ شريط ذكريات قديمة لم يستطع أن يضع له حدّاً، ويستوقفه: قلت للكهنة: لا أريد أن أكون إلهاً كاهناً، فلم يوافقوا. أوامرهم هي العليا، بل أوامر الأعلى لهم. لم يقولوا لي سبب ذلك. مضت سنوات عشر عليّ، ولم أعرف.

كلّ تكهّناتي مُسحت حين علمت أنّهم يختارون الأضعف، والأجبن، والأردأ، ومن لا يملك ذرّة كرامة، ومن لديه سوابق بسرقة، أو اعتداء على جار، أو زنا، ليكون كاهناً، فيستطيعون السيطرة عليه، وينفّذ الأوامر دون اعتراض. الأوباش لم ينسوا السقطة التي ضُبطت بها أيّام الصبا، مع هذه النائمة الآن، والتي لا تبالي بما أنا فيه. انتهى الأمر، وزوّجوني إيّاها. وها هي في عزّ نومها، وقد ملأت بيتي أولاداً. أأنا من بين هؤلاء إذاً؟! لماذا لا تكون لي حريّتي، وأكون كالعامّة من الناس. أفرح كما يفرحون، موسيقى، وغناء، ورقص. سُجنت في قفص إله. تأتيني

أجمل الهدايا، أشهى المأكولات مقابل أن أكون جاهزاً لإقامة الطقوس، لضبط إيقاع الحياة هنا، وتنفيذ أيّ قرار يُتخذ من أعلى. عليك اليوم أن تجد لنا طيبا يا إله القمر! حسناً؛ وإذا رفضت هذا القرار، فما الذي سيحدث. أتنتهي مهمّتي كإله؟! فلتنتنهِ. وليكن! لن أفعل. لن أنسى ما عرفته من أنّ ذويه سيرسلونه ليتعلّم. لا شكّ أنّه بالعلم يفيد حرّان أكثر من نبوءة في عالم الغيب، أو نبوءة كاذبة لا تحدث، ويكون مصيره الموت. لن أوافق على تنفيذ قرار بموت إنسان. (تتوقّف هواجسه قليلاً. يفكّر في مجرى الاجتماع الأخير. يسأل نفسه): لماذا لم أفكّر فيما أفكّر به الآن، ونحن مجتمعون؟ كان عليّ أن أفكّر، وألاّ أكون جباناً. أقول لهم: لا! بالفم الملآن، وليحدث ما يحدث

يعود إلى فراشه. يضع راحة يده على جبين زوجته غاوية. تفتح عينيها. تنظر إليه ببلاهة: ما الذي يقلقك؟ نمْ. لا شكّ أنّ الأمر الذي يقلقك هامّ بالنسبة إليك! هيّا اندسّ إلى جانبي. أنا أيضاً كان نومي متقطّعاً. أشتاق إلى عناقك. هيّا تلمّس جسدي. إنّه يناديك. دع أمور النهار للنهار. ألم تعدني بأن يكون الليل كلّه لي؟ (تنظر إليه خلسة لتسمع منه ماذا يجيب)

ـــ هذا ما كنت أرغبه. لكن هناك ما غلب على هذه الرغبة. ألا يعني لكِ أن يكون المرء إلهاً ما يقتل هذه الرغبة؟!

ـــ لماذا تضعني أمام ألغاز لا أفهمها، ولا أستطيع تفسيرها. قل ما تريد بوضوح، ودع عنك ما يقلقك؟!

ـ حبّي لكِ جعل منّي إلهاً حرّانيّاً. إنّهم يفهمون الحبّ سقطة يتلقّفونها لاستغلال الآخرين. هذا ما لم أقله لكِ من قبل، ومرّت السنوات لأعي ذلك متأخّراً. لو كنتِ مكاني، وفي المأزق الذي أنا فيه لكان قلقك أشدّ يا غاوية. لا نعرف كيف ستنتهي الأمور بمرور ابن الرشيد من هنا؟ سأبوح لكِ بسرٍ لا أريد أن يعرفه منكِ أحد، ولو كان ولدك، أو أيّاً من المقرّبين إليكِ: كلّفني هرمس الصغير أن أُحضر طيبا لإعادته إلى الزيت. هذا الأمر أقلقني، وغداً سأبلّغهم رفض هذا التكليف، بل ورفض إعادة هذا الشاب إلى الزيت، وأقول: إلى الموت....

تقاطعه غاوية بإصرار:

ـ لا يا حبيبي. ستقوم القيامة عليك لو فعلت!

ـ أتريدين الموت لولد من أولادك بهذه الطريقة الشنيعة؟!

لم يكن وضعهما العاطفيّ يعطي الضوء الأخضر لهما حتّى لتبادل قبلة. رغبتهما بأن يفتحا باب المتعة يغلقها قلقهما، وتوتّرهما، وبالأحرى قلق الزوج؛ غاوية في هذه اللحظات تودّ أن تخفّف عن زوجها ثقل ما يحمله من همّ. إنّها تدرك تماماً معاناة زوجها ككاهن، وترى ببصيرتها أنّ الكهانة لا تليق به، بل يليق به أن يكون من عامّة الناس، ويعيش حياته بشكل عاديّ جدّاً، ويرتوي من متع الحياة، التي يُحرم منها الكهنة عادة.

لقد أهمل الأرض التي ورثها عن والديه، وذوت أشجارها؛ فالسخرة التي يكلّفها الكهنة للناس كي ينجزوا ما لديهم من أعمال لا يعملون بإخلاص لأنّها تعمل دون مقابل، وهو أمر يندرج في الرقّ والعبوديّة، ولو أنّ الناس لا يظهرون امتعاضهم منها لكنّهم يسكتون عنها على مضض.

كثيراً ما فكّرت غاوية أن تنزع عنه الألوهة، ولم تجد الباب الذي تدخل منه إليه، لتفاتحه برغبتها هذه. لمّحت له مرّات عدّة، ولكنّه كان يتجاهل، أو يتغابى عمّا تلمّح إليه.

رأت هذه الليلة أن تصارحه بعد أن خذل رغبتها بمنحها ما تبتغيه من متعة. سألته بصوت شجيّ:

ـــ «أيرضيك ألاّ أكون الآن بين ذراعيك كعصفورة تحتاج إلى الدفء أكثر من أيّ وقت مضى؟!».

ـــ «ليست حالتي النفسيّة على ما يرام يا غاوية. اعذريني!».

ـــ «أعذرك لو وعدتني أن تعتذر عن الاستمرار بلبس قباء الكهانة. ثوبك هذا سبب العري لروحي. أشعر أحياناً أنّي لست إنسانة لها أحاسيس، ومشاعر. أشعر أنّي جذع شجرة يابس فقد القدرة على الاخضرار، والإزهار، والإثمار.

أنت تحبّني ولا شكّ، وأعتقد أن هذا لا يرضيك».

يتململ زوجها. يفكّر فيما قالته غاوية. يستعيد ذكريات لقاءاته السريّة معها، وكانت السبب بزواجه منها بعد أن تسبّب لها بفضيحة وعار لم يغسله إلاّ زواجه منها. رأى أن ينصاع لرغبتها؛ لكن بعد أن يتمم مهمّته بشأن طيبا، ورأى في المقابل ألاّ يفصح لها عمّا توصّل إليه خوفاً من ألاّ يُوفق بما آل إليه تفكيره.

طلع الصباح، ولم يعرف هذا الكاهن الحائر طعم النوم. يخرج من منزله على غير هدى إلى المعبد. لم يكن فيه سوى الحارس، وهو الذي اقترح تعيينه كحارس، ويثق به ثقة عمياء. يستغرب الحارس مجيء هذا الكاهن في مثل هذا الوقت المبكر. يتردّد بأن يسأله السبب. يبادر الكاهن بقوله له: قد تكون آخر مرّة آتي إلى هذا المعبد ككاهن أيّها الحارس. على الجميع أن يعرفوا أنّي لا أليق بأن أكون كاهناً. هذا كلّ ما في الأمر، وهذه زبدة كلّ الكلام الذي عليّ أن أقوله.

المأمون في حرّان يتوعّد

[7]

يصل موكب المأمون، وجيشه، إلى حدود الحرّانيّين، يتمّ التخييم في مكان التجمّع. يُنصب للمأمون سرادق يليق به كخليفة، وأمير مؤمنين، وقائد جيش لا يُضاهى في زمنه. يأتي من هناك إلى حرّان شابٌ على فرس تسابق الريح. يبلّغ كبير الكهنة بما رأى.

يلوذ الناس في بيوتهم، بعد مشاهدتهم المأمون، دون أيّ ردّ فعل سوى توجّسهم، وخوفهم وهم يشاهدون ما يصحبه من جند مشاة، وخيّالة، وجمّالة، بسيوفهم، وحرابهم، وأقواسهم، تلازمهم منجنيقات، وعرّادات، وحرّاقات، وإسطرلاب؛ بالإضافة إلى أنّهم يرفعون رايات دينهم، وينشدون بين حين وآخر؛ ثمّ سكتوا بعد أن توقّفوا عن المسير.

لم يفعل الكاهن شيئاً سوى إرسال حارس المعبد يبلغ الكهنة ما سمعه من الشابّ، وطلب منهم ألاّ يثيروا الشكوك حول هذا الرجل؛ فمعروف عنه عناده، وتنفيذ ما في رأسه غير هيّاب من أحد، ودون وجل. طلب الكاهن من الشابّ العودة

من حيث أتى، وراح يستعيد ما تختزنه ذاكرته من معلومات عن المأمون ليصل إلى الخلاصة التالية: «ما من شجرة وصلت إلى السماء! لن نستبق الأمور. لكلّ سؤال جواب، ولا أعتقد أنّه سيغتصب بلادنا، أو يجبرنا على الرحيل منها. نحن لن نقاومه، ولم يسبق لنا أن وقفنا بوجه أحد. لكلّ حادث حديث! بيننا، ومعنا تعيش المعتقدات، والأديان جميعها، ولم نُكره أحداً على الامتثال لنا، أو على تبنّي معتقداتنا».

يأتيه الإله بلثي مهموماً، مغموماً. (كأنّ ما بداخل أحدهما بداخل الآخر) يسأله الكاهن هرمس: ما الذي قد تنطوي عليه مسيرة المأمون، ومروره من هذه البلاد برأيك يا بلثي؟!

يجيبه وابتسامة صفراء تعلو محيّاه:

— «من هاجم آلهة العرب الأقدمين، وأصنامهم، وغيّر طقوسهم، إلى عبادة جديدة، وفرض نفسه، واحتلّ بجلاء مكانته في عداد أنبياء اليهود والنصارى، ترك لدى ورثته هذه الحقيقة. إنّ نبيّهم لم يقل لهم تراجعوا عمّا أنجزته لكم، ووقفت حتّى في وجه أقرب أقاربي من أجله. المأمون يا هرمس لن يتراجع خطوة عن هذا الإرث. قد يدمّر كلّ شيء هنا، وقد يفعل ما فعله مع سوانا إذا لم نستجب لأمره، فيتركنا بحالنا ويمضي! مع ذلك فأنا قلق. ليلة الأمس لم أنم. كان من توقّعاتي بعد أن استعرضت كلّ مصادر قلقي أن يعقد بيننا وبينه

معاهدة كالتي عقدها نبيّه مع أتباعه بين قبيلتين من قبائل العرب، وبين بعض الجماعات اليهوديّة بإقامة (حرم) كلّ فريق يحتفظ بقوانينه، وعاداته، وتصبح منطقة الحرم كلّها منطقة سلام، حيث لا تحسم الخلافات بالقوّة، بل بالاحتكام إلى «الله ونبيّهم»، والحلف يتضامن ضدّ الذين يعكّرون السلام. هل يحدث مثل هذا يا هرمس برأيك؟!».

أرى الأمر غير ذلك؛ فهم يفرضون ما يريدون بالسيف على من لم يكن من دين سماويّ، فيه ربّ وملائكة؛ ونحن ديننا هناك، مع ما في السماء من نجوم!

ينتهي حديثهما عند هذا الحدّ، ويخرجان ليعرفا انعكاس خبر مجيء المأمون على الناس، للتخفيف من روعهم، وذعرهم

كان قد عمّ خبر وصول المأمون إلى حدود الحرّانيّين، وبات الكلّ ينتظرون ما يستجدّ من أمور. الكلّ قلق. تجمّعات صغيرة، وكبيرة تُناقش دون جدوى. غالباً ما تنفضّ، لتتشكّل من جديد مجموعات أخرى تناقش ما تتوقّع، أو تتكهّن، وتعود إلى المربّع الأوّل.

المأمون قادم، فماذا سنفعل، والكهنة فقدوا السيطرة على مجريات الأمور. ربّما كان إله القمر هو الوحيد، الذي أراح واستراح بعد تخلّيه عن وظيفته ككاهن، حسب ظنّه، وأكثر من فرح بما فعلت زوجته غاوية، التي سيتفرّغ لها حسب ظنّها؛ لكن الأمور سارت لا كما تهوى؛ ففي اجتماع

عاجل للكهنة قرّروا أن يضعوا إله القمر في الزيت إذا لم ينفّذ قرارهم بشأن طيبا، وإحضاره لوضعه في الزيت انتقاماً منه، وعقوبة له.

بحث إله القمر عن طيبا، وحدث ما لم يكن في الحسبان. كان طيبا قد أعلن إسلامه أمام أحد الشيوخ، وأخبر إله القمر بذلك، وحذّره من أن يفكّر الكهنة بإلحاق الأذى به، أو اعتراضه لأنّه سيبلّغ أمير المؤمنين حين يصل حرّان عمّا ينوون فعله به

تمّ إحضار إله القمر إلى المعبد، ولم يخبرهم بما آلت إليه أمور طيبا، باعتناقه الدين الجديد، ووعيده لهم. اكتفى بالصمت، وكأنّما يقول في داخله: «عليّ وعلى أعدائي يا ربّ!» فتمّت تلاوة تجريده من وظيفته ككاهن، ومخاطبته باسمه فقط: (سين)، وغدا بالإمكان وضعه في الزيت حسب الطقوس المتعارف عليها، والمتّبعة على من يطابق التوصيف، الذي يقرّه الكهنة، وتمّ على عجل دعوة الناس لحضور هذا الطقس الاحتفاليّ؛ أمّا المحتفى به، ليتنبأ رأسه لهم بعد تحلّله جرّاء الزيت الذي سيغمر به، فقد طلب منهم التريّث حتّى ما بعد مرور المأمون، وما ستؤول إليه الأمور لأنّهم لن يكون لديهم الوقت الكافي لتدارك ما سيتنبّأ به، وأنّ المأمون سيرى بهذا الأمر، فيما لو رأى مثل هذه الفعلة من عاداتهم، وطقوسهم قد يلحق الضرر باستقبالهم الاحتفاليّ به؛ وهذا من الأمور الغريبة على المجتمع الإسلاميّ، الذي يرفض أيّ شيء مخالف لما سنّته شريعتهم، أو ما أمر به نبيّهم.

يقتنع الكهنة بكلام هذا الرجل، الذي يضمر التخلّي عن معتقده هو الآخر، وإعلان ذلك أمام المأمون وحاشيته، وكلّ من معه، إذا لم يتسنّ له الهرب من حرّان إلى أيّ مكان آخر، ولو كانت تسكنه الشياطين. المهمّ أن ينجو بروحه.

كان المأمون قد تابع المسير برحله في المنطقة الحرّانيّة، ووصل مشارف حرّان، والناس ينتظرون وصوله بصمت مطبق، وكأنّ على رؤوسهم الطير.

تصل طلائع جيشه ساحة المعبد تباعاً، ثمّ أطلّ موكبه بكلّ جلال.

تشرع الفرق الحرّانيّة المختصّة بالموسيقى، وبأناشيد الاحتفاء بضيفهم الكبير الشأن، ويستعد كبير الكهنة وصحبه للترحيب بالمأمون. يصبحون وجهاً لوجه أمام المأمون، الذي يتعجّب من ألبستهم، وقبائهم بخاصّة، وشعرهم الطويل، فبادروه بالترحاب به. ينكر المأمون زيّهم هذا، وأشكالهم. يسأل الكاهن الأكبر:

ــ أمن أهل الذمّة أنتم؟

ــ نحن الحرّانيّة. أجابه الكاهن.

ــ أنصارى أنتم؟

ــ لا.

— أيهود أنتم؟

— لا.

— فمجوس أنتم؟

— لا.

— أفلكم كتاب، أم نبيّ؟

فبدأت الجمجمة في جموع الحضور، ولاذ الكاهن بالصمت. قال لهم:

— فأنتم إذاً الزنادقة، عبدة الأوثان، وأصحاب الرأس، في أيّام الرشيد والدي! وأنتم حلال دماؤكم، لا ذمّة لكم!

أجابه الكاهن الأكبر متلعثماً:

— نحن نؤدّي الجزية!

— إنّما تؤخذ الجزية ممّن خالف الإسلام، من أهل الأديان، الذين ذكرهم الله عزّ وجلّ في كتابه، ولهم كتاب، وصالحهم المسلمون عن ذلك؛ فأنتم لستم من هؤلاء، ولا من أولئك؛ فاختاروا الآن أحد أمرين: إمّا أن تنتحلوا دين الإسلام، أو ديناً، من الأديان التي ذكرها الله في كتابه، وإلاّ قتلتكم عن آخركم! فإنّي قد أنذرتكم إلى أن أرجع من سفرتي هذه؛ فإن أنتم دخلتم في الإسلام، أو ديناً من الأديان، التي ذكرها الله في كتابه، وإلاّ أمرت بقتلكم، واستئصال شأفتكم!

راح الكهنة ينظرون إلى بعضهم بعضاً؛ ليظهر الخوف والذعر على الجميع. كانت الموسيقى، وكلّ مظاهر الفرح قد توقّفت منذ بدأ المأمون أسئلته.

يتقرّب كبير الكهنة هرمس من المأمون مبتسماً، ويدعوه، وصحبه إلى الوليمة، التي أُعدّت تكريماً له ولهم. ينظر إليه المأمون بسخرية، ويشير بيده إلى صحبه بمعنى أن يتابعوا المسير، بينما يقول للكاهن:

ــ طعامكم ليس حلالاً! ضعوا ما قلت لكم أغلالاً في أعناقكم إلى أن أعود!

كان طيبا قد التقى بالشيخ أبي زرارة، وهو من الدعاة الذين وصلوا الأرض الحرّانيّة، قبل مرور المأمون منها، وألحقه هذا الشيخ بجيش المأمون كمستجدّ. يعلم القاصي والداني بموضوع طيبا. تعلم ميس أنّ طيبا غادر حرّان، مع هذا الجيش بعد اعتناقه الدين الجديد، وقد يعود، أو لا يعود.

لم تتوقّف مسيرة المأمون في حرّان سوى فترة قصيرة، وغادروا بعدها، دون أن ينظروا إلى الخلف تاركين الحرّانيّين، في فوضى لم تحدث من قبل في حياتهم أبداً.

كان مرور المأمون من حرّان زلزالاً لم تتوقّف هزّاته الارتداديّة عند حدّ. يجتمع الكهنة، ويناقشون ما أمرهم به، ولم يصلوا إلى نتيجة ترضي أحداً منهم.

تتفجّر الخلافات حتّى في الأسرة الواحدة. منهم من يريد أن يصبح مسلماً، وآخر نصرانيّاً، وآخر يهوديّاً، وآخر أن يبقى حرّانيّاً متمسّكاً بما يعتقد.

تنقسم القرى الحرّانيّة بين من يريد التغيير، وبين من سيظلّ على عبادة النجوم.

تتطوّر الأمور أكثر، فيأتي إلى قريتي (ترعوز) و(سلمسين) الكبيرتين شيخان داعيان لدين الإسلام هما «أبو زرارة» و «أبو عروبة» عالمان بالفقه، والأمر بالمعروف، حسب توصيف الدعاة المجيدين في تلك الأيّام، واستطاع الاثنان أسلمة أهالي القريتين عدا نفر قليل منهما، كما استطاعا أن يجعلا من بعض رجال القريتين شيوخاً يلمّان بالفقه، واحتُسب عليهم ألاّ يتزوّجوا بنساء حرّانيّات بحجّة أنّه لا يحلّ للمسلمين نكاحهنّ، لأنهنّ لسن من أهل الكتاب.

أبو زرارة كان يعتمد الترهيب في دعوة أبناء قرية ترعوز للدخول في دينه، وترك معتقدهم الذي لا يقدّم ولا يؤخّر برأيه. وضع كلام المأمون لهم في كلّ فكرة يقولها لهم: «هذا الرجل من سلالة نبيّ، ولا يمكن أن يتراجع عن أيّ كلمة قالها لكم. سيأمر بقتلكم إن لم تتوجّهوا إلى أيّ دين له كتاب؛ وهو يضمر دينه وكتابه. الأمر سهل للغاية. يكفي أحدكم أن يقول معلناً: «لا إله إلاّ الله، ومحمّد رسول الله». هو يعني هذا ممّا قال، فدينه، ديني، وهو دين سلام. كلّ البلدان التي قصدها في

فتوحاته حتّى الآن أعلنت إسلامها. أنتم طائفة صغيرة من بين أقوام البشر. المأمون الآن يقصد الروم، وستجدونهم استجابوا لدعوته، ولن يبقى وثنيّ لديهم، إلاّ وسيكون أخاً لنا ولكم في أقرب وقت.

أمّا «أبو عروبة» فقد لجأ إلى الترغيب في القرى الحرّانيّة، التي قصدها، وكان له ما أراد. بعضهم أضحى مسلماً، وبعضهم غدا نصرانيّاً، وبعضهم اختار أن يكون يهوديّاً، وبعضهم ظلّ حائراً، أو متردّداً، وظلّ هؤلاء على اتّصال مع من ظلّوا على شاكلتهم. يعتريهم خوف لا يعرفون كيف يتجاوزون هذه المحنة، التي لم تكن في حسبانهم، والتي لم يتعرّضوا لمثلها في تاريخهم الماضي.

فوجئ الكهنة بما يجري، وبما آلت إليه أمور أبناء جلدتهم. أعربوا لبعضهم تخوّفهم من المصير، الذي سيحيق بهم عند عودة المأمون من سفرته، وبفقدان حظوتهم لدى الحرّانيّين، وسطوتهم ككهنة على أُناس بسطاء، والعزّ الذي يختالون به أمام الأقربين، والغرباء، وفقدان الموارد، من أعطيات، وهدايا، وهبات ترد إليهم من هنا وهناك، وفقدان مثل هذه البحبوحة في العيش تعني لهم، ولزوجاتهم، وأولادهم الكثير.

الفرح الذي غمر إله القمر المقُال، شابه شيء من الشماتة بالكهنة بعد أن علم مدى ارتباكهم، وحيرتهم، وخوفهم من فقدانهم هيبتهم أمام قومهم. يخرج من منزله مرّة تلو مرّة

ليتقصّى ما ستتمذهب عليه الأكثريّة لينخرط معها بما سترسو عليه من قرار. يعود ويخبر زوجته غاوية أنّ كثيرين التزموا دين المأمون، وهو سيفعل ما فعلوا. سيذهب إلى أبي زرازة، ويعلن بالفم الملآن عن الدين الذي استقرّ عليه.

كانت غاوية زوجته في زيارة لأختها، وعرفت منها أنّ المسلم يحقّ له الزواج من أربع شرعاً، فجنّ جنونها وواجهت زوجها غاضبة حين أبلغها قراره:

ــ ستصبح من دين يسمح لك أن تتزوّج عليّ؟!

أجابها متلعثماً يتجاهل هذه الحقيقة:

ــ أنا لا علم لي بهذا الشيء. حتّى ولو كان الأمر هكذا، فأنا لن أفعلها، وأتزوّج من امرأة أخرى!

ــ ومن يضمن لي هذا؟ أنت ألف مرّة كنت تقول لي حين تزعل منّي: سأتزوّج على شرع المحمّديّين إذا، وإذا!!

ــ كنت أمزح معك يا غاوية!

ــ لطالما ستغيّر؛ لماذا لا تصبح نصرانيّاً لأطمئن؟!

ــ الحديث يطول يا غاوية!

ــ وأنا لي حساباتي يا حبيبي!

تناديه جارتها راجية، مَن فوق جدار يفصل ما بين

منزليهما أن تحضر حالاً؛ فعندها نسوة من صديقاتها حضرن للتباحث معاً عمّا سيتصرّفن، وعمّ ستستقرّ آراؤهنّ عليه. لبّت غاوية دعوتها، فرأت عندها تميمة، ومهيبة، وسالمة. ظلّت غاوية صامتة، وهنّ يعبّرن عن هواجسهنّ وقلقهنّ من مصير مجهول يسرن إليه مرغمات. بدا أنّهنّ جميعاً يثقن بما ستنصح به غاوية باعتبار أنّ زوجها كان كاهناً، ويفهم أكثر من غيره، ويكون رأيه مصيباً أكثر بعد أن علمن بتنحيته عن الكهانة، وعودته إلى حياته الطبيعيّة. لاحظت غاوية أنهنّ جميعاً كنّ لا يثقن كثيراً بالكهنة، ويلجأن إلى الصمت، والخنوع كي لا يُقال إنّهن متمرّدات في مجتمعهنّ.

غاوية كانت تصغي إليهنّ، وهي تفكّر في أن تنسحب من هذا الموقف. لكنّها رأت أنّه من غير المناسب أن تظلّ على صمتها، أو أن تنسحب دون مبرّر. تخرج عن صمتها، وتقول لهنّ إنّ ما يحدث غير طبيعيّ، وأنّ الجميع وقعوا في حيرة من أمرهم، والخوف هو ما سيدفعهم لأن يتحوّل قسم كبير منهم عن معتقده دون قناعة بما سيعتنقونه من معتقدات أخرى؛ ما الحلّ؟! الحلّ برأيي أن تلتزم كلّ امرأة بما يضمن لها ما يبعد عنها الشرّ، فالمأمون قال دون مواربة إنّه سيقتل من لم يكن من دين له كتاب.

انفضّ اجتماعهنّ دون أن يتوصّلن إلى نتيجة يتّفقن عليها جميعهنّ.

كان الكهنة في مثل هذا الوقت يجتمعن في المعبد بحضور أبي عروبة. هذا الرجل كان أريحيّاً مع الكهنة. لم يتجاوز حدود دينه قيد شعرة. ما قاله لهم لا يتعدّى أن يقول الحرّانيّ: «أشهد أن لا إله إلاّ الله، وأنّ محمّداً رسول الله» ليكون مسلماً، ويؤمن بأركان الدين من صلاة، وصيام، وزكاة، وحجّ لمن استطاع إليه سبيلاً، وباليوم الآخر. أضاف في شروحاته ما يوحي بوحدانيّة الله، وكتابه القرآن الكريم، وبالزواج الشرعيّ، وبالجنّة الموعودة، هذا النعيم الذي يحلم به كلّ بشريّ، وقدرة الله تعالى على كلّ شيء.

يقاطعه الإله العطارديّ كبير الكهنة هرمس الصغير:

ــ نحن نرى ما لا ترى: مسألة طبيعة الله تؤدّي بنا منطقيّاً إلى علاقته مع الناس: هناك انطباعان لا بدّ أنّهما بقيا في عقل كلّ من عرف كتابكم: إنّ الله قدير على كلّ شيء، ولكن بطريقة ما، الإنسان مسؤول عن أعماله. كيف يمكن لهذين التصريحين أن يتوافقا؟ إن كان الله قديراً على كلّ شيء، كيف يسمح بوجود الشرّ، وكيف يكون عادلاً بالحكم على الناس لأعمالهم الشرّيرة؟! وبمعنى آخر، وأوسع: هل الإنسان حرّ ليبادر بأفعاله الخاصّة، أو هل تأتي كلّها من الله، هل سيحاكم بموجب مبدأ للعدل يستطيع الإنسان أن يميّزه؟ إذا كان الأمر كذلك، ليس هناك مبدأ للعدالة يحدّد أعمال الله، وهل بالإمكان بعد ذاك القول بأن الله قدير على كلّ شيء؟

هل سيحاكم المسلمون بإيمانهم فقط، أو بإيمانهم بالإضافة إلى التعبير الشفهي، أو بأعمالهم الحسنة أيضاً؟».

يتململ أبو عروبة. يبدو أنّه قد ضاق صدره. يجيبه حاسماً هذا اللقاء:

ــــ «يمكن أن تسأل أمير المؤمنين حين يعود من سفرته، ويرى ما قرّرتم. أنا ــــ وبحدود معرفتي، وإيماني ــــ أبديت لكم ما لديّ، وأنتم لكم ما تشاؤون» (ردّه العلنيّ الناعم هذا كان بمثابة تهديد مبطّن؛ فهو يذكّرهم بما طلبه المأمون منهم!).

ينفضّ اجتماع الكهنة كما ينفضّ أيّ اجتماع آخر منذ بدأت حكاية المأمون عند الحرّانيّين دون الوصول إلى أيّة نتيجة.

كأنّما أصاب الرابوط كلّ الحرّانيّين، وليس كهنتهم فقط، ففقدوا بوصلة التفكير في الغد. هم لا يدرون أنّ كلّ شخص في الدنيا بداخله رابوط لا ينام أبداً، بل أكثر من ذلك، فهو يكمن للشخص، كما لو كان عدوّه. ينتظر منه هفوة ليصطاده، ويقيّده. شأن الحرّانيّن مع المأمون أنّه غدا ذاك الرابوط.

يتخلخل المجتمع الحرّانيّ، ثمّ يتكسّر كما لوكان لوحَ زجاجٍ أُلقي عليه حجر، ومن المحال أن يُجبر من جديد، في ظلّ وعيد المأمون لهم. هذا الرابوط الذي أدخلهم في متاهة، وسبقهم إليها، ليدفعه في طريق لا يعرفون أكان هو الصحّ، أو الخطأ.

المأمون لم يزيّن لهم الطريق. ألقى تهديده، ووعيده ومضى؛ وهو لا يحسب أنّ كلّ إنسان في الكون، منذ أوّل الخليقة، وإلى الأن يرى نفسه أنّه الأفضل، وروحه هي الأنقى، وأنّه بكامل الرضى عن عقله، وأنّه يستطيع أن يتكيّف مع جسده، ولون بشرته، وحسنه، وقوّته الجسديّة.

رابوط الحرّانيّين جاء على هدي أفكار وإيمان آبائه، وأجداده؛ إنّما متمنطقاً بقوّة مستمدّة من الله تعالى إذا لم يسيروا في الطريق التي رسمها لهم؛ أمّا كيف ستكون المواجهة، وردود الأفعال، لم يكن المأمون يحسب له أيّ حساب. كيف سيطلق الحرّانيّون طيور أرواحهم، التي تعيش في فضائهم المفتوح، وتتغذّى من عرق أتعابهم، وتُسقى من ينابيعهم، ودموع عيونهم، وحزنهم، وفرحهم، وأمنياتهم، وحبّهم الحياة على طريقتهم؛ قسم منهم غيّر مذهبه شكليّاً، وظلّ على مذهبه الأصليّ؛ هؤلاء جعلوا لهم معبداً بعيداً في كهف جبليّ يمارسون فيه طقوسهم بعد أن نصّبوا عليهم إلهاً جديداً يجمع مهامّ الآلهة جميعاً هو والد طيبا، الذي فُرض عليه هذا التكليف، من قبل أصدقائه، وأقاربه باعتباره من سلالة ملكيّة قديمة، والذي خالفه ابنه واعتنق ديناً جديداً، وانخرط فيه، وبكلّ تبعاته؛ فمن اتبّعوا والد طيبا لا يخالفون له رأياً، أو قراراً، مع استثناء واحد هو إلغاء (الرأس في الزيت) إلى أن تنجلي الأمور، ومنع الكهنة من لبس القباء.

استمرّ الخوف يعتري هذه المجموعة، وإلهها الجديد يشعر بذلك، ويحاول أن يجد مخرجاً يدفع هذا الخوف عنهم، مع أنّهم غيّروا زيّهم، وحلقوا شعورهم كغيرهم. يظهر شيخ مسلم، من أهل حرّان، عارف، وفقيه، وعلم بهم، وعرف مدى اضطرابهم، ومدى تمسكّهم بمذهبهم الحرّانيّ، وتعنّتهم بعد التحوّل عنه رغم خوفهم. أشفق عليهم، وقال لهم: «وجدت لكم شيئاً تنجون به، وتسلمون من القتل، فحملوا إليه مالاً عظيماً، من بيت مال حرّان كانوا يجمعونه منذ أيّام الرشيد لمثل هذه الغاية، وأعدّوه للنوائب؛ إذا رجع المأمون من سفره، فقولوا له: نحن الصابئون؛ فهذا اسم مذهب قد ذكره الله جلّ اسمه، في القرآن، فاعتنقوه، فأنتم تنجون به!».

وهذا ما حدث مع هذه الطائفة، التي لم تعتنق دين كتاب كغيرها من الحرّانيّين.

راح بعضهم يتقصّى، ويسأل عن المذهب الجديد (الصابئة) من رجل عاش في بطائح مكّة، بعد أن خسر تجارته، وضاقت به الحال، وأسكنوه بينهم. هناك الصابئة يمارسون طقوس عبادتهم بشكل علنيّ، وهذا الرجل يعرف عنهم كلّ شيء، عدا عن أنّه تأثرّ بهم، وزوّجوه بنتاً من بناتهم، وجاءت معه حين عاد إلى هذه الديار، ولا تزال تمارس بعض شعائر مذهبها الصابئيّ كالصلاة، والصوم، ولا تنسى أن تحتفل بأعياده، دون أن تلفت الأنظار إليها. زوجها لم يكن يمارس هذه

الطقوس، وفي المقابل لم يكن يعترضها شأن الحرّانيّين جميعاً، في علاقاتهم مع الطوائف الأخرى؛ تبدأ صلاتها الأولى قبل شروق الشمس بنصف ساعة من الزمن بثماني ركعات، وثلاث سجدات مع كلّ ركعة، وتنقضي مع طلوع الشمس، والصلاة الثانية عند الظهيرة، بخمس ركعات، وثلاث سجدات في كلّ ركعة. والصلاة الثالثة كالثانية تنقضي عند غروب الشمس، ولا تصلّي إلاّ على طهور؛ السرّ بذلك أنّ هذه الأوقات هي مواضع الأوتاد الثلاثة: وتد المشرق، ووتد وسط السماء، ووتد المغرب، كما أنّها تمارس نوافل الصلاة، التي هي بمنزلة الوتر عند المسلمين، وتصوم هذه الزوجة حسب الصابئة ثلاثين يوماً: أوّلها لثمانية تنقضي من آذار، وتسعة أُخر أوّلها للتسعة الأخيرة من كانون أوّل، وسبعة أيّام أُخر أوّلها في التاسع من شباط، وهي أعظمها.

يذكر أنّ للصابئة تنفّل في الصيام، وقربان، ويذبحون للكواكب ممّا ليس له أسنان من ذوي الأربع، ومن الطير غير الحمام ممّا لا مخلب له، والقربان لا يؤكل، ويحرق ولا يدخل الهياكل، وعيد الفطر عندهم مشروط بغسل الجنابة، وتغيير الثياب، وعدم مس الطامث، ولا ذبيحة عندهم إلاّ لما له رئة ودمّ، ونهوا عن أكل الجزور، وكلّ ما له أسنان، في اللحيين كالخنزير والكلب والحمار، ومن النبات: البقلة، والثوم، واللوبياء، والقرنبيط، والكرنب، والعدس. إنّهم يفرطون في كراهيتهم للجمل، حتّى إنّهم يقولون: من مشى تحت خطام

لم يقضِ حاجته، ويجتنبون كلّ من به مرض الجذام، وسائر الأمراض المعدية، ويتركون الختان، ولا يعتدون على فعل الطبيعة، ولا يحدثون عليها حدثاً، ويتزوّجون بشهود ليس من القرابة، وفريضة الذكر والأنثى سواء، ولا طلاق إلاّ ببيّنة عن فاحشة ظاهرة، ولا ترجع المطلّقة، ولا يجوز الجمع بين امرأتين، ولا يُطأن إلاّ لطلب الولد.

نأتي إلى العمق عند الصابئة. يقول الزوج بحضور زوجته

«ما أعرفه أيضاً عنهم: أنّ الثواب والعقاب يلحق الأرواح، وليس يؤخّر ذلك إلى أجل معلوم، والنبيّ بريء من المذمومات في النفس، والآفات في الجسم، والكامل في كلّ محمود، وألاّ يقصّر عن الإجابة بصواب كلّ مسألة، ويخبر بما في الأوهام، ويُجاب بدعوته في إنزال الغيث، ودفع الآفات عن النبات والحيوان، ويكون مذهبه ما يصلح به العالم، ويكثر به عامره». و «أنّ الله واحد لا تلحقه صفة، ولا يجوز عليه خبر موجب»، «ولدى الصابئة كتاب يقرّون به، هو عبارة عن مقالات لهرمس الأكبر في التوحيد، كتبها لابنه، على غاية من الإيمان بوحدانيّة الله».

لم يقل لهم الشيخ عبثاً أنّ المأمون لن يلحق بهم السوء، إذا اعترفوا له أنّهم من الصابئة.

تململت زوجته، لتقول على استحياء:

ـــ «لكنّك قلت لي ذات يوم أنّ أميرهم المأمون لمّا وقف طاهر بن الحسين فوق المنبر يوم جمعة بخراسان، وكان والياً عليها، لم يذكره في دعائه، فقُتل. قلت إنّ طاهراً بعد انتهاء خطبته اكتفى بأن قال: (اللهمّ أصلح أمّة محمد بما أصلحت أوليائك، واكف مؤنة من بغى فيها، وحشّد عليها بلمّ الشعث، وحقن الدماء، وإصلاح ذات البين) وما إن طلع الصباح، حتّى وُجد ميتاً بالسمّ في فراشه، إذْ بعدم دعائه للخليفة معناه أنّه انفصل بخراسان عن الدولة العبّاسيّة، وكان طاهر قد قتل الخليفة الأمين، وقطع رأسه، بأمر من شقيقه المأمون».

قاطعها زوجها قائلاً:

ـــ «كان عليه ألاّ يفصل خراسان عن الدولة العبّاسيّة».

ـــ لم تدعني أُكمل (قالت له).. أنت حكيت لي حكاية طريفة عن أبيه الرشيد تتندّر فيه عن امرأة ذكيّة، بليغة، فصيحة اللسان يعترف بحضورها أنّه قتل آل برمك. قلت لي: «دخلت امرأة على هارون الرشيد، وعنده جماعة من وجوه أصحابه، فقالت: (يا أمير المؤمنين، أقرّ الله عينيك، وفرّحك بما أتاك، وأتمّ سعدك، لقد حكمت فقسطت) فسألها: (من تكونين أيّتها المرأة؟) فقالت: (من آل برمك، ممّن قتلت رجالهم، وأخذت أموالهم، وسلبت نوالهم)، فقال: (أمّا الرجال فقد مضى فيهم أمر الله، ونفذ فيهم قدره، وأمّا المال، فمردود إليك). ثم التفت إلى الحاضرين من أصحابه، فقال: (أتدرون

ما قالت هذه المرأة؟) فقالوا: (ما نراها قالت إلاّ خيراً). فقال: (ما أظنّكم فهمتم ذلك! أمّا قولها: أقرّ الله عينيك؛ أي سكنهما، وإذا سكنت العين عن الحركة عميت؛ وأمّا قولها: وفرّحك بما أتاك؛ فأخذته من قوله تعالى: «حتّى إذا فرحوا بما أوتوا أخذناهم بفتنة»؛ وأمّا قولها: وأتمّ سعدك؛ فأخذته من قول الشاعر: «إذا تمّ شيء بدا نقصه. ترقّب زوالاً إذا قيل تمّ»؛ وأمّا قولها: لقد حكمت فأقسطت؛ فأخذته من قوله تعالى: «وأمّا القاسطون، فكانوا لجهنّم حطباً» فتعجّبوا من ذلك. ولاذت بالصمت لترى ردود أفعالهم.

راح الجميع يتهامسون، وهم ينظرون خلسة إلى بعضهم بعضاً. بدا زوجها ممتعضاً منها، ومن كلامها، فهو لم يحدّثها بمثل هذه الأسرار لتبوح بها. ساد الصمت بعد همس لم يستمرّ طويلاً. بدا أنّ الجميع يريدون أن يتكلّموا، ويعبروا عن آرائهم. سبقهم أحدهم. قال:

ــ «سأكون صريحاً معكم. أنا لا أريد اعتناق أيّ دين؛ حتّى إنّ ما نعتقد به كحرّانيّين لا أؤمن به. أنا أعتنق مذهبنا مسايرة لا أكثر، حتّى لا أبدو نشازاً، وشاذّاً في حرّان. أفكّر في أن أرحل إلى بلاد لا دين لأهلها» وسكت. راح ينظر في وجوههم ليرى ردود أفعالهم عليها. كان الكلّ متعجّباً من صراحته، وجرأته من خلال نظراتهم إليه. جرأته فتحت الباب دون مواربة ليقولوا آراءهم بجرأة متناهية، واتّخاذ مواقف واضحة.

استلمت الكلام امرأة تتّكئ على كتف جليسة قربها. قالت: لا أدري ماذا ينال المأمون من قتلنا إذا لم نتخلّ عن مذهبنا؟! إنّ قتلنا يضرّ به، وبدينه. إنّي منذ الأمس أفكّر: هل سيقتلنا فعلاً؟ وهل قتل غيرنا من قبل؟! أنا لا أريد أن أغدو صابئيّة، أو غير صابئيّة. أساساً أنا لست مقتنعة بآلهتنا، التي تحلبنا كما لو كنّا أبقاراً لها. أغرقتنا باحتفالات نقدّم لها كلّ أتعابنا. لا يمرّ يوم دون احتفال، يُهدر فيه الكثير من الطعام والشراب دون جدوى.

ينتهي الاجتماع دون الوصول إلى نتائج ترضي أحداً منهم.

لم يكن الاجتماع الوحيد في حرّان وقراها للتباحث بما يجب لأن تستقرّ الأمور عليه.

مجتمع حرّان يتفكّك،

والتاريخ يكتبه المنتصرون

[8]

علم الكهنة بمجيء رجل له شأن في الترحال، ومعرفة الكثير من البلدان، ومذاهب أهلها، وطبائعهم، وطرق عيشهم يدعى (أبا دلف الينبوعيّ) يرافقه درويش نبطيّ من جنوبيّ بلاد الشام، فاجتمعوا بهما. لم تكن زيارة أبي دلف الأولى إلى حرّان؛ فقد جاء من قبل ليتعرّف على طائفة الحرّانيّين، من باب الفضول، أمّا النبطيّ فقد جاء ليتعرّف عن كثب على دراويش مثله في هذه الطائفة، بعد أن سمع من أبي دلف ما سمع عنها. اجتمع الكهنة بأبي دلف لثقتهم به، وبمعرفته الواسعة عن أحوال الأديان، والمذاهب، والطوائف، لعلّهم يسمعون منه ما يكون صائباً من رأي بعد البلبلة التي أصابت مجتمعهم، وفقدوا السيطرة عليه، وربّما يجدون الوسيلة التي تسير بهم إلى طريق السلامة، وعلى الأقلّ يوضّح لهم ما الذي عليهم أن يفعلوه بعد نصيحة أحد الشيوخ باعتناق مذهب الصابئة ليسلموا.

بعد أن سمع أبو دلف منهم مجريات ما حدث حين مرّ المأمون من حرّان، وبعد مغادرتها، والفوضى التي دبّت بهم.

ذهب بعيداً في حديثه ــ من باب التهوين عليهم، وتهدئة خواطرهم ــ قال مسترسلاً:

«مولى أمير المؤمنين أحمد بن عبد الله بن سلاّم كان له الفضل في ترجمة ما ورد عن الحنفاء، الذين هم الصابئون الإبراهيميّة، الذين آمنوا بإبراهيم عليه السلام، وحملوا عنه الصحف، التي أنزلها الله عليه، يذكر فيه اختلافهم، وتفرّقهم، والحجّة التي ذكرها القرآن، والآثار التي جاءت عن الرسول (ص) وعن أصحابه، وعمّن أسلم من أهل الكتاب، ومنهم: عبد الله بن سلاّم، ويامين بن يامين، ووهب بن منبّه، وكعب الأحبار، وابن النبهان، وبحيرا الراهب، وغيرهم. لن تكونوا أنتم يا حرّانيّون أوّل من يعتنق الإسلام لو فعلتم، أو ملتم إلى الصابئة، أو إلى غيرهم ممّن يُرضي المأمون عند عودته».

سأقول لكم غير هذا: «حياتنا كلّها كبشر مرهونة للأقوى؛ والأقوى له الكلمة الفصل. لقد تجوّلت في بقاع الأرض، وعلمت من المتنوّرين من الناس أنّ الأنبياء، الذين جاؤوا لهداية البشر، إلى ما يُؤمرون به من تعاليم من قبل حكّامهم، أو بما يحملونه من أوهام، عن حقائق ماثلة في عقولهم، أو من رسائل إلهيّة تنزل عليهم حتّى تاريخه، مائة وأربعة وعشرون ألف نبيّ. منهم المرسلون بالوحي شفاهاً ثلاثمائة وخمسة عشر نبيّاً، وجميع ما أُنزل من الكتب مائة وأربعة كتب، ومن ذلك مائة صحيفة أنزلها الله تعالى فيما بين أدم وموسى.

كلام كثير عن الأديان، وما جاءت به؛ أمّا ما حدث، ويحدث دائماً هو أنّها لأسباب تتعلّق بطبائع البشر، وتربيتهم، وظروفهم، وقربهم، وبعدهم عن بعضهم بعضاً».

أشار له مرافقه الدرويش أنّه يريد الكلام. قال لهم: «إنّ هذا الرجل زاهد علّمته الأيّام وحادثات الأيّام، أنّ الحياة لا تروق لأحد، وهو يبوح لي بأسراره، فما قد يعتبره بعضكم محنة، قد يكون نعمة، وأنتم لا تدرون. لا أدري ما الذي سيقوله لكم، فليتفضّل بقول ما عنده من كلام».

تطلّع الدرويش في وجوههم، ليستقر نظره على أحد الكهنة، وكأنّما سيوجّه الخطاب له وحده. قال:

«يعزّ عليّ أن أتكلّم، وأنتم في موقف حرج لا تحسدون عليه. لقد رأيت أناساً من جميع الملل والنحل، يؤمن كلّ منهم بما لا يؤمن به الآخر. رأيت المؤمن منهم يُساق كأعمى إلى ما يريده سواه، أو ما يسوقه هواه، إلى ما تبتغيه نفسه من الدنيا. قلّة من الناس كان الخوف يسيّرها، إلى ما لا تشاء. أتمنّى ألاّ تكونوا منها، وقلّة آمنت بما أُوحي لأنبيائها، أو للعارفين من ملّتها. رأيت أنّ كلّ شيء ينشطر، يتقسّم، يتعدّد، ينزاح، يلتوي، وكلّ هذا يتبدّد؛ إنّما الثابت الإنسان ذاته، فهو عصيّ على الفناء. حتّى موته نوم قصير جدّاً، في حسابنا له بعمر الزمن. جاء آدم رسولاً للصابئة المندائيّة، وانشطر مذهبه إلى الإبراهيميّة. جاء نبيّ اليهود، وجاء معه انشطار دينه، وجاء

نبيّ بعده، وانشطر دينه، وهو على خشبة الصليب، وجاء نبيّ بعده، وبارك الملل التي ستلد من رحم دينه، ذلك لأنّه يحمل السرّ الذي أُرسل من أجله؛ بعد وداعه الدنيا اختلفوا من بعده على كلّ شيء، ومنهم من راح ضحيّة ما يؤمن به على يد أقرب الناس إليه. قال لهم ما قاله الله له: «لا فرق بين عربيّ، وأعجميّ إلاّ بالتقوى..» ولا حياة لمن تنادي. قال لهم: «ما قيل من قول حسن فأنا قلته». (يسكت قليلاً، ثمّ يتابع): قيل عن لسانه الكثير ممّا لم يقله. هل المذاهب التي انشطرت عن هذا الدين كانت محقّة بما تدّعيه؟

قبل أن يجفّ دم نبيّ النصارى عن خشب الصليب، ولا تزال الانشطارات عن دينه، وولادة فرق تتوالى: نسطوريّة، يعقوبيّة، كثتانيّة بهانيّة، مارونيّة، ديصانيّة، وغيرها؛ فهي حتى تاريخه إحدى وستّين فرقة.

يصمت هذا الدرويش عن الكلام. يبدو في حالة شرود، وعلى سحنته كآبة غير متوقّعة. يتابع فجأة بغير ما كان يتكلّم به بعبارات أقرب إلى الهذيان. ممّا قال في هذيانه: «جنجي. جنجي. ها هنا شيء كان قبل النور والظلمة. في الظلمة صورتان. ذكر وأنثى. كان مع زوجته ظلمة. ظهر للأنثى نور. سرق عالم الأحياء قليلاً من النور. تحرّكت كالدودة، وارتفعت فقبلها النور. فارقته. سرقت شيئاً من نوره، ثم رجعت إلى مكانها، وخلقت من النور الذي سرقت

من ألبسها النور: السماء، والجبال، والأرض، وسائر الأشياء جنجي يقول: النار ملكة العالم!».

يلوذ بالصمت من جديد. يصحو من ذهوله، وشطحه. تعود سحنته إلى ما كانت عليه. تصفو تماماً. يسأل الحضور: «استأثر بي جنجي فترة من الزمن، كما استأثر بجماعة اختار لها من اللباس ما يميّزها. راحت تتفاخر به. أطلق على إلهه اسم (ابن الأحياء). كان يطعن على عيسى، ويكتم مذهبه الذي لا كتاب له، والذي يُحفظ من كلامه وكلام أصحابه: (نحن الذين حفرنا السرب في العالم، فسرقنا من الدنيا المال العظيم فعمنا، فذهبنا إلى النهر، فذهبنا بهنّ سوداً، وأتينا بهنّ بيضاً، ورددناهنّ مشرقات مضيئات) هذا الكلام يغنّونه ملحّناً موزوناً.

هذا المذهب من بين مئات المذاهب، التي تتناسل من بعضها بعضاً، من قبل أشخاص تستأثر بهم النرجسيّة، والأنانيّة المفرطة، وحبّ التسلّط على من هم أضعف منهم لاستغلالهم ليس أكثر.

ما الذي كان يحدث إثر ذلك؟ كانت تحدث خلافات بين مذهب، وآخر. أنتم هنا لا تعرفون ما يجري في البلاد البعيدة عنكم. سأحدّثكم عن مذهب انتشر ذات يوم انتشار النار في الهشيم، هو مذهب ماني. أقول عن لسانهم: «بعد أن ارتفع ماني إلى جنان النور انشطرت الماويّة إلى فرقتين: المهريّة،

والمقلاصيّة ــ سأدع ماضيهما، وسأقول لكم ما الذي حدث في أيّامنا هذه ــ ظهر رجل يدعى (يزدانبخت) في أثناء خلافة المأمون الحاليّة. خالف كثيراً من أمور فرقته المهريّة، واستمال كثيرين منها. يزعمون أنّ خالد القسريّ حمل مهراً على بغلة، وختمه بخاتم فضّة، وخلع عليه ثياباً موشّاة، وفي المقابل، كان (أبو علي سعيد) رئيس المقالصة».

قاطعه أحد الحضور قائلاً بتذمّر:

«لم نفهم ممّا قلته شيئاً. رجاء دعنا نفكّر في مصيبتنا؛ فإذا كان لديك ما تقوله بشأننا، تفضّل قله، وإلاّ دعنا وحالنا!».

سكت الدرويش مخذولاً، وفي سرّه تمنّى لو لم يتحدّث بشيء!

قدمت ميس، ودخلت المعبد كمجنونة. دخلت بطيش لم يعهده بها أحد من قبل. لا يدري أحد من الحضور عن غيابها فترة من الزمن عن بيت ذويها، أو ما تعرّضت له، حتّى انقلبت حياتها رأساً على عقب. لا يدري أحد أنّ حبّها لطيبا كان سبباً في خروجها، والخوف من إلحاق الأذى بها ــ بعد أن أنقذته من الزيت ــ وقفت قبالة الجميع تبغي التأكّد من أنّ طيبا قد خرج مع جيش المأمون فعلاً، أم لا؛ ــ حتّى تلك اللحظة تشكّك بما سمعته عنه ــ لم يجبها أحد عن تساؤلاتها حول طيبا، واقتصرت أسئلتهم عن سبب غيابها، وعمّا جرى لها حتّى بدت لهم بصورة أخرى، غير الصورة التي يعرفونها

عن ميس الفتاة المتّزنة، الهادئة. كلماتها راحت تتدفّق بهذيان محموم عن أشياء قد حدثت فعلاً، أو أنّها محض خيالات. لم يستطع أحد أن يميّز بين الحقيقة والخيال ممّا قالته؛ إلاّ بوحها المؤلم، والمحزن أنّها وقعت بين يديّ ساحرة الجبل، بعد فكاكها من مختطفها بفعل السحر، الذي عملته بمختطفها الشرّير، ثم مارست على ميس أشكالاً من السحر تنوّمها وتجعلها تتكلّم في غيبوبتها، وتجيب على أسئلتها؛ غالباً ما تكون هذه الأسئلة حول كنز مجهول المكان، أو مسروقات من حلي، أو ممتلكات، أو شخص متوارٍ عن الأنظار. جلّ ما أرادته من ميس أن تجيبها عن أسئلة محدّدة تتعلّق بها شخصيّاً لتستطيع السيطرة عليها، واستخدامها في أعمال السحر التي تمارسها، بما لديها من بخور خاص بعد تنويمها، والتعزيم عليها لجلب عفاريت الجنّ كي تساعدها على تحقيق مرادها؛ كلّ ذلك لا تعتبره شعوذة أو شيئاً غير مألوف، أو لا يقبله العقل. ساحرة الجبل لم تكن تؤمن بدين، أو مذهب، ولا تعنيها طائفة، أو جماعة. ساحرة الجبل أرادت لميس أن تتعلّم السحر، بعد أن رأت فيها ما لم يره أحد من فرادة، وتميّز في سلوكها، وأفكارها. كانت النجوم تقول لها في كلّ عمليّات السحر، التي فعلتها بشأنها، إنّ ميس تصطلي بنار الحبّ، وتكتوي بها حتّى تودّع حياتها غير آسفة عليها. ميس أيقونة في النساء، ويمكنك أيّتها الساحرة أن تصعدي بها إلى أعالي جبالك، لتكون شعلة تنير ليل حرّان الطويل. ميس تتعلّق بشابّ حائر كنجم سهيل، ولا أمل منه في الحياة الدنيا.

كان الكهنة ينظرون إلى ميس مستغربين ما تقول. راح هرمس الصغير يعنّفها على تصرّفها بشأن الرأس في الزيت، قال: «أنتِ السبب بكلّ هذه الفوضى التي دبّت في حرّان. كان رأس طيبا قد تنبأ لنا بكلّ ما يحدث للحرّانيّين، وكنّا تداركنا هذه المصيبة التي حلّت بنا!».

قاطعته ميس غاضبة: «أنتم لا يعنيكم إلاّ أنفسكم. حكاية الرأس في الزيت حكاية طويلة يا سيّدي: كلّ الناس يخافون أن يبوحوا لكم ما في صدورهم. يخافون أن يقولوا لكم: لماذا يقتصر الرأس في الزيت على الناس البسطاء؟ لماذا لم يوضع ولد لكم أنتم يا آلهتنا في الزيت؟ لعلّ نبوءات رؤوسهم تكون أجدى. الآن أستطيع أن أقول لكم بقلب قويّ هذا الكلام بعد أن تحرّرت ألستنا من القيود ـ التي تقيّدوننا بها. كلّ رؤوس الماضي لم تقل ما تنبّأته لكم إلاّ ما تريدون. كلّ رؤوس الماضي التي كان مصيرها الزيت كانت بمثابة عقوبة لها، وانتقاماً، أو ثأراً. ما من مرّة فكّرتم بتكليف امرأة أن تكون إلهة مثل أيّ رجل منكم، مع أنّها قد ترفض مهمّة لا تنير لها الدرب المظلم، الذي تسيرون عليه، وترفع إصبعها في وجوهكم رافضة أن تكون قطعة من روحها للزيت؛ أمّا بالنسبة إلي، فلا يمكن أن أنسى ما حييت كيف ضيّعتم من أحبّ، فتشرّد، وبات لا فرق عنده بين أن يكون حيّاً، أو ميتاً، ـ وحسب ما وصل إلي من أخبار ـ ما معنى أن يهجر حرّان، ويلقي نفسه في أتون حروب، منتهاها

الموت، وغضب الربّ الذي لا يريد القتل لأحد، حتّى لعدوّه، وحتّى لمن يكفر به، وحتّى ..».

يقاطعها هرمس الصغير قائلاً لها بصوت هزّ المكان:

ــ اخرسي! طيبا، هذا الذي تتّخذينه ذريعة لتقولي هذه الترّهات، ذهب إلى حتفه برضاه؛ فهو لن يعود. سيموت هناك بين الأغراب ضحيّة لدين غريب عنّا، وعمّا خُلقنا من أجله، ونعيشه، ونمارس طقوسه المقدّسة أباً عن جدّ. وأنتِ تعرفين أيّتها المارقة كيف نعيش بسلام ومسرّات وأفراح في هذه البقعة من الأرض. إيه يا ابنتي: (يخفّف من لهجته، ويخاطبها بحنوّ مفتعل) حدث الذي حدث. الزمن لا يسير إلى خلف. نأمل منك أن تعودي إلى أحضان والديك. لا شكّ أنّهما الآن قلقان لأجلك. نأمل منك ومنهما، ومن كلّ ذويكِ ألاّ تشذّوا كغيركم، وألاّ تخالفوا ما نشأتم عليه. مذهبنا مذهب سلام، وطمأنينة للنفس، والعقل، والروح (يصعّد من لهجته، ويرفع درجة الخطاب، إلى درجة الملامة، فالتنبيه، والتحذير، والتخويف): لا شكّ أنّ السحر الذي مارسته الساحرات عليكِ كان له أثره السيّئ عليكِ. يلزمك الكثير من الراحة. انتبهي لنفسك، ولما يجري حولك. لن نسكت ككهنة عمّن شذّوا عن عقيدتنا. سيكون حسابنا لهم عسيراً. يمكنك الآن أن تغادري بالتي هي أحسن!

أجابته محتدّة دون أن يرفّ لها جفن:

«أنا لست ميس التي تعرفونها (رفعت يمناها في وجوههم، فبرز خاتم تشعّ منه خرزة تتبدّل ألوانها إذا حدّق أيّ شخص بها تبعاً لما في رأسه من أسرار) أنا بهذا الخاتم أستطيع أن أفقِدكم هيبتكم، بل وسطوتكم على الناس (كانت ساحرة الجبال قد زوّدتها به، لترفعه في وجه من يحاول القضاء عليها، أو إذلالها، أو الاعتداء على كرامتها، وكي تقول كلمة حقّ في وجه الباطل، من أيّة جهة، أو من أيّ شخص مهما كانت قوّته الجسديّة، أو مرتبته في البشر، واحتفظت به لمواجهة الأوقات العصيبة) أنا لا سلطة لي عليكم؛ لكن فكّروا بما أنتم فيه من مأزق قد تُلحقون الضرر بكلّ الناس إذا لم تتبيّنوا أوجه الصواب!».

كانت ساحرة الجبل تتسقّط أخبار ميس بعد أن غادرت بيت الساحرات. نُمي إليها أنّ ميس ربّما تكون قد تجاوزت حدّها في سلوكها كفتاة، وغدت تتصرّف برعونة وطيش، فأرسلت بنتاً شريرة، أطلقت عليها اسم (سكّرة) لتوحي للآخرين أنّها كاسمها، وكانت قد درّبتها على يد منجّم مشعوذ يدّعي أنّه يعمل الطلاسم على أرصاد الكواكب كواحد من عبدة النجوم، لكلّ ما يريده من بدع، وتهيّجات، وعطوف، وتسليطات، ويعمل ببراعة نقوشاً على الخرز، والفصوص، ويدّعي أنّه يستعبد الجنّ، وعفاريته، وشياطينه، ويدّعي أنّه يعمل عجائب لهزائم الجيوش المتحاربة، وقتل الأعداء، وعبور المياه، وقطع المسافات البعيدة بمدّة زمنيّة قصيرة؛

ويُقال إنّ ساحرة الجبل تعلّمت منه المكر، والحيلة، بثمن لا يخطر ببال أحد: أن يفضّ بكارتها، وما حدث أنّها حملت منه، فأخفت عنه هذه الحقيقة، ولم تجهض مولودها هذا، فربّته، وتعلّم السحر عند المنجّم الذي لا يعلم أنّه والده، كما المنجّم لا يعلم أنّه ولده. يُقال إنّه التحق بجيش المأمون، دون أن يخبر أمّه الساحرة.

تستخدم ساحرة الجبل، سكّرة الشيطانة في عمل السحر الصعب، بعد أن صار لها باع طويل في تصيّد ممّن ترغب الساحرة بجلبهم إليها.

تنجح سكّرة بالوصول إلى ميس، وانتزاع خاتمها السحريّ من يدها، فتعود إلى طبيعتها العاديّة، التي لا تستطيع التأثير بأحد دونه، وتعيدها بفعل السحر، إلى ساحرة الجبل. تأخذ الساحرة بيدها. تدخل بها إلى مغارة معتمة بعد تخديرها بشراب خاص. تحضر الجنيّ (بكتان). يتلمّس ميس. تذعر، وتصر بوجهه. لم يكن الجنيّ المطلوب. تُخفيه الساحرة، وتحضر الجنيّ (سيدوك)، وتعقد زواجه من ميس بعد استسلامها له. تصحو ميس على احتفال الجنّ بهذا الزواج. تنظر ميس حولها. تجد نفسها عروساً بكامل زينتها، في قصر مضاء بأنوار لا عهد لها بها، وإلى جانبها على سرير من حرير، ووسائد من ريش نعام. تحدّق طويلاً بعريسها الجنيّ (سيدوك). تتأمّله، وتتفحّصه. قدمان بمخالب نمر. أصابع يديه أطول من أصابع البشر. في بنصره خاتم تشعّ فيه خرزة من عقيق، ليس العقيق

الذي تعرفه. تُصاب ميس بالخرس لهول المشهد؛ لكنّها لم تفقد اتّزانها، فهي كما تمّ توصيفها من قبل ساحرة الجبل من قبل: نجمها لا يؤثّر به السحر فيما لو كان ضدّ إرادتها، وبعيداً عن رضاها، وقبولها بما يمسّ جسدها.

تظاهرت ميس بالرضى، وهي تفكّر في الخلاص والنجاة من الفخّ الذي وقعت فيه قبل أن تفقد ما تحرص عليه طول فترة صباها: عذريّتها، التي لا تمنحها إلاّ لمن تحبّ، ولو كلّفها ذلك حياتها.

تفرح ساحرة الجبل أنّ ميس غدت بين يديها. تأمل أن يتمّ زفافها لـ (سيدوك) الجنيّ، وتستخدمها بأعمال السحر الصعبة، وميس تقلب السحر على الساحر. تكتشف بخبرتها من قبل أنّها إذا داست على قدم (سيدوك) سيبطل كلّ السحر الذي مورس ضدّها، فتنطفئ الأنوار، ويتحوّل القصر المسحور إلى المغارة التي دخلتها مع سكّرة. تنتهي اللعبة، وتخرج ميس، وتهرب متخفيّة بين شجر الغابة متلمّسة الدرب إلى حرّان، وتنجو.

تأتي الأخبار من جندٍ فارّين كانوا قد رافقوا المأمون، في سفرته بعد اعتناقهم الدين الجديد، أنّه توفّي قبل أن ينال مراده من غزوه الروم. حدثت الوفاة في طرسوس حسب الأخبار التي وصلت حرّان.

يحدث ارتباك بين قادة جنده، وفوضى في اتّخاذ قرار
موحّد، فيعود كلّ منهم بفرقته على حدة، سالكاً طريقاً تختلف
عن سواها؛ أمّا طيبا فكان متردّداً في أن يعود إلى حرّان، أو
يتابع سيره إلى بلاد الروم، أو يعود مع فرقته العسكريّة إلى
مقرّها في ضواحي بغداد، وكان حائراً في أن يظلّ على دينه
الجديد، أو يتراجع عنه.

الكارثة

[9]

ما حدث في حرّان وما حولها بعد نبأ وفاة المأمون، كان أشدّ فظاعة ممّا حدث حين هدّدهم عند مروره من منطقتهم. تضعضع الوضع كليّاً بين جميع شرائح مجتمعهم بدءاً من كهنتهم، وانتهاء بأصغر إنسان.

لم يستطع الكهنة أن يجتمعوا، فقد كانوا بين مشكّك ومتيقّن من موته عدا العطارديّ هرمس الصغير الأعمى. تمترس في المعبد مصرّاً على مذهبه الحرّانيّ، وغير الناس الذين اعتنقوا مذهب الصابئة إذ رأوا بهذا المذهب خلاصهم، في حالتي التشكيك والتيقّن، فهم أقرب إلى الإسلام باعترافه بالصابئة كمذهب توحيديّ تقبّله الله في كتابهم، وفي وحي نبيّهم، وأقرب إلى مذهبهم الحرّانيّ، الذي يقدّس النجوم التي هي ممّا أبدعه الله، وزيّن بها السماء لتبدّد ظلمة الليل، وظلمة النفوس، ورأوا أنّهم على الأقلّ تخلّصوا من جميع الشوائب، التي خالطت مذهبهم الأصل، وظلّت علاقاتهم الاجتماعيّة على حالها بعدم الزواج إلاّ بامرأة صابئيّة واحدة، وأنّ الجهاد

يقتصر على دفع العدوان، والظلم، والتعدّي على الحقوق بأشكالها كافّة.

يخجل طيبا من الدخول إلى بلدة حرّان، فيلجأ إلى بيت (يامن) صديق والده في قرية ترعوز، الذي بلغه أنّ هذا الصديق اعتنق الإسلام. يُفاجأ أنّه يُحاول الارتداد عنه، ولكنّ الخوف جعله متردّداً بعد أن تلقّى تهديداً من شيخ متعصّب بتطبيق الحدّ عليه كمرتدّ. ينتقل الخوف بالعدوى إلى طيبا، ويقطع عليه التفكير بمثل هذا القرار.

يستقبله يامن بحرارة، ويجد فيه خشبة الخلاص بعد الحيرة التي تمكّنت منه؛ فهو يريد أن يلقى أجوبة من شخص له تجربة مع غزوة المأمون لبلاد الروم، على أسئلة شغلته؛ إذ لا بدّ له أن يكون عايش جنده، وعرف أشياء مجهولة منهم عن دينهم. أبى طيبا أن يجيب على أيّ سؤال، لكنّه رآه ــ كلّما حان وقت الصلاة ــ يصلّي، في الوقت الذي لم يكن فيه يصلّي إلاّ بوجود شيخ مسلم. جملة واحدة قالها له طيبا: «لا تكذب على ربّك، فإنّه يراك، ولا على نبيّك فيغضب عليك!».

يحاول يامن استدراجه لمعرفة أيّ شيء عن المأمون. أجابه أنّ هذا الرجل خليفة الله على الأرض، فلم يقنعه هذا القول، مثلما لم يقنعه ــ كما قال له ــ وجود آلهة متعدّدة على الأرض، وهم بشر مثله، لا يختلفون عنه بشيء، سوى أنّهم جعلوا من أنفسهم آلهة، وهم ليسوا إلاّ كهنة يفرضون

طقوس آبائهم، وأجدادهم على الناس؛ مع أنّها لا توحي إلاّ بفرح غامض، أو برؤيا نادراً ما تتحقّق. يشيعون أفراحاً لتزجية الوقت، وإلهاء الناس عن التفكير في مصيرهم، ورؤية حياتهم القاسية على حقيقتها. وتكتمل مأساتهم بـ (الرأس في الزيت) كإحدى الطقوس، التي شكّلت عندهم عقدة لا يمكن حلّها، وفضيحة يعيّرون بها من جميع المذاهب الأخرى. دائماً كان يتساءل يامن في سرّه: «ماذا لو لم نكن على مذهب النجوم الذي نعتنقه بالوراثة، وكانت علاقتنا مع أنفسنا، ومع الآخرين، ومع خالقنا عادلة، نقيّة، نتنعّم بها في قلوبنا، وفي مناسبات أفراحنا، وأحزاننا، دون أيّة سلطة من أحد علينا؟!».

يسأله يامن عن أبيه. يجيبه أنّه لا يعرف عنه شيئاً منذ التحق بجيش المأمون. يطلب من طيبا أن يذهبا معاً إلى حرّان، ولا شكّ أنّ الناس فيها بسبب ما جرى معهم لن يبالوا بهما، فالكلّ غارق في همومه، وحيرته، وتخبّطه، ولا يعرف على أيّ قرار سيستقرّ.

يستجيب طيبا له بعد نقاش عقيم حول مسالة مهمّة تتعلّق بالذين لم يستقروّا على مذهب محدّد، وظلّوا رِجلاً في الماء، ورِجلاً في البرّ، وما ستؤول إليه أمورهم. انتهوا إلى نقطة وسطيّة هي أنّ هؤلاء لا يقدّمون، ولا يؤخّرون، وسيكونون كما هي العامّة في كلّ زمان ومكان.

يرى طيبا نفسه أمام أبيه ككاهن جديد في حرّان اتّخذ لنفسه طريقاً يعتقد فيها خلاصه، وأمّ ترفض كلّ ما من شأنه

أن يغيّر المرء معتقده، حتّى لا يخسر دنياه وآخرته، على الرغم من أنّها كانت ترفض في سرّها حكاية (الرأس في الزيت) لأنّ الأمّ، والمرأة بشكل عام ــ مهما كانت بالغة القسوة ــ بريئة من كلّ أشكال العنف، والموت لأيّ كائن حيّ؛ إلاّ الجاهلات اللواتي ينشأن في بيئات همجيّة ومتعصبّة لما رسّخه الجهل في عقولهنّ، وضمائرهنّ، وسلوكهنّ من تلك الأشكال.

يخاطبه الأب بقسوة لم يعهده بها، ويطلب منه الرجوع عن معتقده الجديد؛ فيجيبه طيبا أنّه مؤمن باعتناقه الدين الجديد، وأنّ مصير المرتدّ في أصول هذا الدين هو حرمانه الدنيا والآخرة، ويكفّر لارتداده عن دين سماويّ منزل من السماء على عباده.

...يدير طيبا ظهره، ويخرج من منزل والديه، ودون أن يكترث بـ (يامن) الذي رافقه. يخرج نافراً، غاضباً لا يلوي على شيء. لا يعرف في تلك اللحظات إلى أين سيتّجه، وأيّ طريق سيسلك. لحقت به أمّه، وعادت دون أن تجد له أثراً.

خرج يامن هو الآخر، ولم يسأله والد طيبا شيئاً. تجاهل ما بينهما من علاقة. اكتفى بأن هزّ رأسه آسفاً.

كان كلّ ما في رأس يامن من أفكار أشبه بغيوم بيضاء عقيمة، متقطّعة، لا وابل بها، ولا طلّ، ليعرف ما عليه أن يفعله بعد خسارته لهذا الصديق، ولابنه. يعود إلى منزله ليجد زوجته متأهّبة للصراع كديك روميّ على مسقى. تواجهه

بأسئلة غير مترابطة، وغير متّزنة فحواها: هل ستظلّ على إيمانك الجديد؟ أتعتقد أن أبقى معك تحت سقف واحد فيما لو انفصلت عن أهلك، وجماعتك، ومنبتك، ومذهبك!

غامت الدنيا في عينيه. ثلاث ضربات على الرأس بآن واحد. يدعها مع تشنّجها، ويخرج دون أن يقصد جهة معيّنة. يرى نفسه أمام دار صديق كان قد اختلف معه للسبب ذاته. يناديه باسم (أحمد) من خلف سور داره الحجريّ. (السور بارتفاع قامة إنسان). كان قد ساعده على بنائه، منذ أكثر من خمسة أعوام.

يجيبه من داخل غرفة في صدر الدار: أنا قادم!

لم يكن لقاؤهما كما تمنّى يامن أن يكون. لم يخرج معاتباً، أو لائماً. اكتفى بأن قال له: أهذا أنت؟! يعزّ عليّ أن أستقبل مارقاً في بيتي! (أدار ظهره وانكفأ عائداً إلى الداخل).

قال يامن في سرّه: «أمعقول أن أسمع منك ما سمعت يا أحمد؟! أنسيت ما بيننا من خبز، وملح، ومسرّات، وزيارات، ومعايدات؟!».

يعود إلى منزله منكسراً. لم يجد زوجته في المنزل. بدا له ممّا خلعته من ثيابها، أنّها ارتدت ثياب الخروج، وغادرت. لكن إلى أين لا يدري. أإلى بيت ذويها، أم بزيارة لجارة من جيرانها، أم لصديقة بعيدة. أم لغاية ما؟! لم يتوقّع شيئاً. تضيق

به مساحة الهدوء. يقصد المعبد وقد اتّخذ قراراً أخيراً حاسماً: «سأعود إلى مذهبي، وليحدث ما يحدث!».

يشاهد دخاناً متصاعداً من صوب الحيّ الذي فيه بيته. يركض مع الراكضين نحو الحريق، وكانت الكارثة. النار تلتهم إحدى الغرفتين اللتين هما كلّ ما يغطّي سقفيهما حياته. تنطفئ النار عند وصوله.

كثرت الشكوك التي تدور حول زوجته؛ لكنّ الحقيقة كانت غير ذلك تماماً. تردّده في الانخراط بدينه الجديد هو السبب، ولم يستطع أحد أن يحزر كيف تمّ ذلك؛ فبعد ذلك الحريق حدثت حرائق، في عدّة بيوت بسبب ارتداد ساكنيها عن اعتناقهم الدين الجديد.

يأتي طيبا إلى منزل يامن ويواسيه، ويطلب منه برجاء حارّ أن يتراجع عن قراره، فلم يفلح.

تشتعل في حرّان الخلافات، والعداوات، وكلّ ما كان نائماً، ومتوارياً من أحقاد قديمة، وجلّها كانت المرأة بطلتها، وقصص الحبّ، وما انطفأ منها، وظلّ جمرها تحت رماد ساكن، إلى أن حلّت لعنة المأمون على حرّان، وحرّكت هذا الرماد، ليشع جمره من جديد.

يسترضي يامن زوجته، وكان الحريق واسطة الصلح بينهما بعد أن اكتشف الجميع الأصابع التي أشعلت الحرائق، والأيدي الخفيّة التي حرّكت خيوطها.

يقصد يامن المعبد لحضور أحد الطقوس الاحتفاليّة، التي تعوّدت حرّان على إقامتها، في مثل هذا الوقت من العام. لم يشاهد فيه سوى حارسه. كان الحارس ممتقع الوجه، كأنّما يقطر منه السمّ. لم يشأ أن يخبر يامن عن سبب إلغاء الاحتفال في البداية؛ فهو لا يريد للخبر الذي يتكتّم عليه أن ينتشر في حرّان، وفي كلّ منطقتها.

يخبره طالباً منه ألاّ يفشي السرّ: «الكاهن العطارديّ هرمس الصغير يهجر حرّان قاصداً أرض النيل. أرض مصر. يبغي السير مسار العطارديّ هرمس الأكبر. كخلاص له ممّا يجري على هذه الأرض، ومن النكبة التي حلّت بها».

لم يطل غياب هرمس الصغير طويلاً عن حرّان حتّى انتشر الخبر، وطفا كما الزيت فوق سطح الماء، على كلّ الأخبار، التي كان قد تأجّجت حينها، وتضعضع المجتمع الحرّانيّ، وتفرّقت سبله، حتّى بات من الصعب لمّ شمله.

هرمس الصغير، كان مولعاً بمعرفة المزيد عن هرمس البابليّ، أحد السدنة السبعة، لحفظ بيوت النجوم السبعة، وأنّ بيت عطارد كان له، وباسمه يُسمّى. ينتقل هرمس هذا إلى أرض مصر بأسباب، وصار ملكها، وكان له عدّة أولاد منهم: طاطوسا ـــ أشمن ـــ أثريب ـــ فقط، وأنّه كان حكيم زمانه، ولمّا توفّي دفن في هرم هرمس، وقربه دفنت زوجته في الهرم الثاني.

يعرف هرمس الصغير من فلكيّ هنديّ مرّ في طريقه إلى القسطنطينيّة على حرّان، الكثير عن أهرامات مصر، وعن المومياوات، وأسرارها، في ذلك الوقت، وممّا عرفه منه أنّ أحد ولاة مصر أحبّ أن يعرف سرّها. كان رجل من الهند قد وقع بين يديه، فأرغبه بوعد ليصعد الهرم، ويعرف شيئاً ما، فيصعد. يجد قبّة أشبه بقبر عند رأسها صخرتان. عليهما صورة لذكر وأنثى وقد تقابل وجهاهما، وبيد الذكر لوح عليه كتابة، وبيد الأنثى مرآة، وقطعة من ذهب تشبه المنقاش، وبين الصخرتين برنيّة من حجارة على رأسها غطاء من ذهب. قلعه بصعوبة، فرأى شيئاً جافاً يشبه القار أدخل يده فيه فوقعت يده على حقّة من ذهب. نزع رأسها فإذ بها دم عبيط. يجمد الدم حين لامسه الهواء. ينزل الهنديّ القبر، وعلى القبر أغطية من حجارة. وممّا قاله للوالي: «حرصت على قلع الغطاء، فإذ برجل نائم على قفاه. على نهاية الصحّة والجفاف بيّن الخلقة، ظاهر الشعر، وإلى جانبه امرأة على هيئته». (قصده المومياوات).

هذه الأسرار جعلت هرمس الصغير مسرنماً حيالها، وكانت إحدى الدوافع، التي جعلته يقصد مصر.

من سوء طالعه سلك الطريق الخطأ. كان عليه أن يتّجه إلى مملكة تدمر، ويقطع الأرض الشاميّة ليصل دون مصاعب تُذكر؛ لكنّه اتّجه إلى إنطاكية، ليركب البحر إلى الإسكندرية. تنقطع أخباره منذ اليوم الأوّل، الذي غادر فيه حرّان.

الوحيد الذي اهتمّ بغيابه، وبحث كثيراً ليعرف مكانه، ولا يفتأ يفكّر فيه، هو والد طيبا القلق من أن يظهر فجأة، ويراه إلهاً للحرّانيّين؛ مع أنّه يرفض كلّ مقترحات جماعته، في أن يكون عطارديّاً، أو سواه من النجوم.

يختفي فجأة أيضاً الإله الأعمى المريخ، ولا يدري أحد من أهل حرّان أنّه لحق إلهاً استثنائيّاً كان في حرّان، باسم (صنم الماء) وبسبب سقوطه، من عين نفسه كإله خرج إلى، بلاد الهند هارباً، وخرج مريدوه في العشرين من نيسان ذاك العام في طلبه، وسألوه متضرّعين إليه كي يرجع عن قراره. أجابهم أنّه يتعهّد مدينتهم، وأفاضلهم، وردّهم عنه، وغاب؛ وتقديساً له جعلوا في المكان المسمّى (كاذا) الذي التقوا به معه إلى الشرق من حرّان (صنم الماء) وفي العشرين من نيسان كلّ عام يخرجون رجالاً ونساء، إلى ذات المكان، وحيث يوجد الصنم، وهم يتوقّعون قدومه عليهم كإله منتظر!

مواجهة ميس لطيبا

والقرار الصعب

[10]

علمت ميس من صديقة لها أنّها شاهدت طيبا يخرج من المسجد، الذي أحدثه أحد الكهنة بعد اعتناقه الدين الجديد، في قاعة احتلّت جزءاً من فناء داره الخارجيّ، وكان يستخدمها لممارسة الصلوات الحرّانيّة، مع من يحضر من الكهنة، وأتباعهم المستجدّين، ويلقي فيها مواعظه، في الوقت الذي لم يعد مستغرباً أن تجد هنا وهناك، في كلّ منطقة حرّان كنيساً يهوديّاً، أو مسجداً إسلاميّاً، أو كنيسة نصارى، أو معابد لطوائف شتّى.

لم يكن ردّ فعل ميس بحجم المأزق الذي سيحدث ما بينهما؛ لقد تلقّت هذا الخبر ببرود لا تحسد عليه بعد أن خذلها طيبا، وقد تعلّقت به عاطفيّاً، وشغل عقلها، وقلبها على مدار الوقت، وضحّت من أجله حتّى كادت تفقد حياتها بسببه؛ فهل هي تحبّه حقّاً، أم أنّها كانت معجبة بإحدى خصاله، أو كانت تبحث عن رجل يحميها كزوج، وتتّكئ على كتفه في مشوار العمر، ويبعث بجسدها، وروحها الدفء في الليالي الباردة؟

كم تشتبك الأسئلة حين لا يقف الواقع عند قرار محدّد. كلّ شيء كانت تتوقّعه؛ إلاّ أن يكون من كانت عينها وقلبها معه دائماً، هشّاً، ورخواً، إلى درجة لا يتصوّرها عقل؛ فهذا من الغريب في عرفها الخاص. لم تكن تتوقّع أن ينهار بسهولة — فهي ترى أنّ كلّ من يتحوّل، أو يتغيّر، أو يطيح بما تربّى فيه، وتعلّم منه، لا يعوّل عليه بشيء؛ فإذا كانت قصّة (الرأس في الزيت) مؤلمة، وشاذّة، وعنيفة، في طقوس أهله، وأجداده، عليه أن يحاربها، ويزيلها، وهي تعلم أنّ أموراً كثيرة يجب محوها من تلك الطقوس، أو محو الطقوس كلّها ليثبت ما هو أعلى، وأنقى، وأنصع. ميس، وهي تنظر إلى الأمور بعينين مفتوحتين، وقلب مجروح، من حقّها كصبيّة ما عانته لم تعانه فتاة أخرى. تكفي عمليّة اختطافها لتكون أداة للسحر، وقوّتها الروحيّة كانت الغالبة، حتّى على السحر. لم تمنح عقلها إجازة، وهي تجتاز المحن التي تعرّضت لها. كانت دائمة التفكير بوضعها الوجوديّ، وبما يمكن أن يكون مستقبلها، وبالطريق التي عليها أن تسلكها لتحقيق مآربها العادلة كواحدة من جنس النساء.

كان قرارها الأخير أن تواجه طيبا، حتّى لا يستمر في طيشه — كما فسرت أمر تحوّله إلى دين لا يعرف عنه إلاّ الظاهر فيه — تقول في سرّها: «عليه أن يذهب إلى النبع ليشرب!» فلو سافر إلى المكان الذي نزل فيه الوحي الإلهيّ على نبيّه، وهناك أصغى لصوت خالقه، لما تردّدت أبداً بأن

أعانقه، وأشدّ على يده؛ لكنّه ذهب في سفرة، مع جيش لا يعرف ماذا سيفعل هذا الجيش، في بلاد لا يعرف أهلها، ولا يتكلّم لغتهم، ولا يعرف طباعهم، ولا طبيعة بلادهم؛ فقد تكون لأميرهم المأمون غاية غير نشر دينه، فمن يدري. لسنا في قلب هذا الرجل، الذي يبتعد عن النبع. كلّ الأنهار التي تبتعد عن ينابيعها تتعكّر، وتُلوّث، ويلزمها الكثير من الوقت لتصفو. ما يعرفه الناس هنا، ولا يفصحون عنه أنّه من أمّ ليست من قوم أمّ أخيه، وضحّى به. أبوهما تجنّى عليهما بزواجه هذا، فقتل أحدهما الآخر. الملْك مطمع دائماً للورثة. الحكاية هي أنّ يوليانوس ملك الروم سار بجيشه، إلى أرض العجم في وقت مضى. حتّى بلغ جنديسابور، فحضر رؤساء الأعاجم والأساورة، وبقية حفظة الملك، وأطال يوليانوس المقام عليها، واستصعب عليه فتحها، وكان سابور محبوساً لدى الروم، في قصر يوليانوس، فعشقته ابنته، وخلّصت سابور من الحبس، فطوى البلاد مختفياً، إلى أن وصل جنديسابور، فدخلها، وقويت نفوس من بها من أصحابه، وخرجوا من فورهم، وأوقعوا بالروم تفاؤلاً بخلاص سابور، فأسر يوليانوس، وقتله، واختلف الروم، وكان قسطنطين الأكبر في جملة العسكر؛ فاختلف الروم فيمن يولّونه، وضعفوا عن مقاومته.

كان قسطنطين محبوباً من سابور، ويميل إليه، فولاّه على الروم، ومنّ عليهم بسببه، وجعل لهم طريقاً إلى الخروج عن بلاده، بعد أن اشترط على قسطنطين أن يغرس بإزاء كلّ

نخلة قُطعت من أرض السواد وبلاده شجرة زيتون، وأن ينفذ إليه من بلاد الروم من يبني ما هدمه يوليانوس، بعد أن ينقل العدّة من بلاده، فوفى له بذلك، وعادت النصرانيّة إلى حالها. والمأمون لم ينس ذلك التاريخ، وقد يكون هذا جزءاً مهمّاً، وسبباً ليقصد بلاد الروم، ومن سوء طالعه أنّه توفّي قبل أن يُدرك ما قصد. يُضاف إلى ذلك تعاطفه مع المعتزلة، وتأثّره بمذهبهم

....

كانت ميس قد توعّدت ألاّ تغفر لطيبا تحوّله عن مذهبه، إذا لم يبرّر فعلته. تعتبر فعلته مشينة إذا لم تكن ملهمة له كي يكون وجه سلام، ومحبّة، وجه نور يشعّ على سواه، ويمكنه فعل ذلك، وقد وُلد حرّانيّاً صافياً، ونقيّاً، وعذباً. ما كان يتوجّب عليه برأيها أن يبتعد عن النبع بسلوكه ويتعكّر. «لأنّها تحبّ طيبا، كانت تلجّ في رأسها الأفكار المتضاربة، وتجعل النار في داخلها تتوهّج دائماً، وكلّ ما تسعى إليه أن تطفئ تلك النار، وتهدأ».

طيبا. في ذاك الوقت بالذات كان في حالة ضياع. منذ الصباح الباكر قصد قرية ترعوز دونما هدف. ما إن وصل عند مشارفها، حتّى عاد أدراجه إلى غابتها الشرقيّة ليجد هناك بعض جند المأمون الفارّين من فرقة الرمّاحين، التي عادت من الطريق ذاته، التي سلكته وهي في طريقها إلى بلاد الروم

بعد أن وجدت فيها ملاذاً لها ريثما تستقر حملته بعد وفاته، وعودتها إلى مواقعها، التي انطلقت منها.

لم يقترب طيبا منهم لجهله مقاصدهم، لكنّ أحدهم لحق به، وأدركه عند مسيل ماء تحفّ به أشجار البطم، والبلّوط، والسنديان. يسأله عمّا دفعه لينكفئ عنهم حين رآهم. يقول له طيبا إنّه من حرّان، ومن بضعة أشخاص حرانيّين التحقوا بجيش المأمون، وعاد بعد وفاته إلى بلده، وهو ـ في هذه اللحظات ـ يفكّر ماذا سيفعل. يطلب الجنديّ الفارّ أن يرافقهم، وينخرط معهم في مصيرهم المجهول. يعتذر طيبا منه، فيعود الجندي إلى جماعته، ويعود طيبا قاصداً حرّان، التي سينبذه الكثيرون منها بسبب تحوّل أفكاره عن أفكار مذهبهم. ينظر إلى عين الشمس. يتأكد له أنّ موعد صلاة الظهيرة قد حان. يختار مكاناً مستوياً من الأرض. يحدّد تماماً جهة الكعبة. يتيمّم كما علّموه، بتراب يميل إلى الحمرة، وليس به شائبة. يؤدّي الصلاة بحذافيرها.

ينفض ثيابه ممّا علق بها من تراب، ويتابع السير، إلى أن يصل حرّان، ويقصد مسجداً أُقيم قريباً من منزل ميس. يلتفّ حوله لفيف من معتنقي الدين الجديد من الحرّانيّين أحدهم لم يزل متردّداً عن خوف. فالمرتدّ في الدين الجديد يُكفّر، وأقلّ عقاب له، أن يظلّ منبوذاً من الجميع. عدا عن أنّه سيتعرّض لعقاب الحدّ، وقد تُقصّ رقبته، فيما لو كان الآمر بالحدّ شديد التعصّب، ليكون عظة لسواه من المؤمنين.

يحين وقت الصلاة، فتُؤدّى بإمام منهم. ويذهب كلّ منهم في حال سبيله. رأتهم ميس، وهي تنشر غسيلها على سطح بيتها، ورأت بينهم طيبا. تتبّعته بعينين حادّتين. تيقّنت من أنّه لم ينعطف بالاتّجاه المفضي إلى بيت أهله، ثم اختفى عن ناظريها. نزلت دون أن تُكمل نشر الغسيل، ولفّت شعرها تحت منديلها، وعقدته كيفما اتّفق، وفتحت خطوتها في الاتّجاه الذي سلكه. تراه من مسافة قريبة يسير في الطريق إلى الغابة الشرقيّة. تفتح خطوتها أكثر، وتتجاوزه. ينتبه إليها. يقول في سرّه مندهشاً: هي ميس! يناديها بصوت متهدّج:

— ميس!

لم تلتفت ميس، إلى مصدر الصوت. يحثّ خطاه خلفها. يضع راحة يده على كتفها بلطف. يقول لها هامساً بتضرّع:

— ميس! أنا.....

تقاطعه متجاهلة:

— ماذا تريد من ميس؟ من أنت؟!

— أنا طيبا يا ميس!

— أنت لست طيبا الذي أعرفه! يمكنك أن تتابع طريقك!

— ألهذا الحدّ تتجاهلين طيبا يا ميس، وأنت التي أعدتِ إليه الحياة؟!

ــ طيبا ذاك الذي كنت أعتقد أنّه حرّ كالنسيم. حرّ كنسر في الفضاء الفسيح. حرّ....

يقاطعها، ودمعة تفرّ من عينه، وصوت مليء بشجن كتيم

ــ أنتِ لم تعرفي ما مررتُ به من صعاب...

ــ ثم اخترتَ أيسرها بالنسبة إليكَ!

ــ أنا لم أكن حرّاً كما تتصوّرين، فأبي يشدّني إلى جهة، وأمّي تشدّني إلى أُخرى، وواقع حرّان بعد وعيد أمير المؤمنين للحرّانيّين بقتلهم إذا لم يعتنقوا ديناً من الأديان السماويّة...

ــ ثم نسيت ميس. نسيت ما بينك وبينها من عهود، ولم تكترث بما يمكن أن تكون ميس قد فكّرت فيه، وبما استقرّ رأيها عليه. أنت لم تفكّر بما هو حال المرأة، في بلاد تتحكّم بها آلهة صنعت من نفسها أيقونات يعبدها الناس، وكهنة تقرّر ما يلائم وجودها المستبدّ.

أنت نسيت أنّهم وضعوك في الزيت، لتتنبّأ لهم ما يريدون من رأسك أن يقول. نسيت ميس التي جازفت بحياتها لتخلّص رأسك من الزيت!

يسود صمت طويل بينهما. ميس تنظر إليه متحسّرة. تتدافع إلى ذاكرتها الأحداث الأليمة التي مرّت بها، وكيف شحذت كلّ قواها الداخليّة لتكون أقوى، حتّى من السحر

الفظّ، الذي مورس عليها، والذي يلحق الأذى بأشدّ البشر عزماً، وإرادة.

تخرج عن صمتها بالنظر إلى طيبا. ينتبه إليها. يبتسم. تبادله الابتسامة بمكر. تسأله عمّا يفكّر فيه في هذه اللحظة. يجيبها بأنّه يفكّر كيف سيبدأ الحديث معها، دون أن يغضبها، وسيطلب منها اعتناق الدين الجديد. لم يعجبها ما يفكّر فيه. تبتسم ابتسامة صفراويّة باردة، ثمّ راحت تخاطبه بكلام مبطّن يتضمّن ما يدور في رأسها من أفكار:

«الليل دون قمره ونجومه لا يمكن أن تطلق عليه اسم (ليل). بل (ظلمة) والقمر دون الشمس لا نور له. آلهتنا يا طيبا دون شمس. دون سماء. عطاردنا الصغير هرمس، هرب. مرّيخنا الأعمى، هرب. الباقون أغلقوا الباب خلفهم، وانكفأوا. كلّهم لم يكونوا كواكب، بل نيازك، وأخيراً سقطت هذه النيازك، وانطفأت. الشتات طال الجميع. الناجون تحوّلوا إلى ما هو أفضل بالنسبة إليهم؛ لقد تعلّقوا بهرمس الأكبر. هرمس هذا سلطان كلّ مكان وزمان. هو نقطة البيكار. نقطة الرضى. لسبب واحد هو كذلك. إنّه توحيديّ. سبق الأديان بما جاءت به بعده. الدين الجديد يعزّ صائبته المندائيّين. أنا لست لأنّي فيلسوفة يا طيبا، أو متديّنة أعرف هذا الشيء. حتّى أهل السحر والشعوذة تعنيهم مثل هذه الأمور؛ وإلاّ كيف سيدخلون إلى عقول الناس. كلّ ذلك كنت أسمعه من ساحرات الجبل».

لا يعرف طيبا بما سيجيبها. ينظر إليها، ويبتسم. يشعر أنّ فمه قد جفّ من اللعاب. يحاول بلسانه استحضار ريق له كي يرطّبه ليقول شيئاً. تطلع منه بعض الأفكار باهتة بقوله لميس

ـ لم أعرف منكِ ما تنوين فعله بشأني؟!

ـ أنتَ في فخّ الآن. فخّ لا فكاك منه. الفخاخ دائماً يضعها صيّاد، والصيّاد يعرف تماماً ماذا يفعل. كلّ الكائنات طرائد بنظره. لكن هناك طرائد عاقلة، وطرائد غير عاقلة. فما الذي تريده ـ وأنت في هذه الحال ـ أن أفعل بشأنك؟! قل. أنا ميس التي تعرفها أمامك؟! قل لا تكن حذراً من شيء. قل. لا تخفّ؟!

يقول لها بثقة:

ـ ليس قبل أن أعرف ما قد استقرّ عليه إيمانك؟!

ـ يبدو أنّ إيمانك الجديد أقوى منك، وجعل بينك وبيني حاجزاً لا يمكن اختراقه، ومسافة لا يمكن اجتيازها. قبل أن أقول لك وداعاً، تذكّر أنّ ميس لن تكون دمية بيد أحد، أو مطيّة لأحد. تذكّر أنّك ستأكل أصابعك ندماً، في يوم من الأيّام!

غادرت ميس المكان دون أن تلتفت نحو طيبا، أو تنبس بكلمة، وهي تقول في سرّها:

«من العار أن يكون طيبا من سلالة ملكيّة، وأن يكون حفيداً لجدّ عظيم مثل عمروس. صمتُ طيبا يؤكّد لي أنّ

الرجولة فضفاضة، رخوة، هشّة، تتّسع لكلّ شيء، ولأيّ شيء. من السهل كسرها، أو تطويعها، أو تذويبها كذرة ملح، في نقطة ماء؛ فطيبا كان يمكن أن يُصبح شيئاً، جبلاً أستند عليه أنا، أو سواي، لما عاناه، وتعرّض له. إنّه أنموذج حيّ لكثيرين مثله. لن يكون أفضل من جدّه آدم، ومن كلّ الرجال الذين عرفتهم، في حرّان، وغير حرّان، وأنا لن أكون إلاّ كجدّتي حوّاء، وسأُبقي التفّاحة في يدي، لأقدّمها لأيّ آدميّ أشاء. سأتمسّك بأنوثتي، وسأكون استثناء وقاعدة في النساء. إنّها حياتي، وسأظلّ وفيّة لها، وحرّة، وعنيدة، وصعبة المراس، ولن أسلّم يديّ لقيد، أو أقدّم رقبتي لطوق، أو قدميّ لأغلال، أو حتّى لخلاخيل. سأكون أنا، في كلّ الأحوال، وفي أيّة حال أكون بها.

كانت ميس قد وصلت أوّل بيوت حرّان، وطيبا لا يزال يعلك اللجام في الغابة.

هرمس في قافلة العبيد

[11]

تهدأ العاصفة. يتقصّف المجتمع الحرّانيّ كما الأشجار، التي تتعرّض لعاصفة شديدة لا تبقي، ولا تذر. تنطفئ النار التي أشعلها مرور المأمون في حرّان، وتخمد تاركة تحت رمادها الساكن بعض الجمر.

لم يُوفّق العطارديّ هرمس الصغير بالسفر إلى أرض النيل كما كان يأمل، ويتمنّى. لم تجرِ الرياح كما اشتهاها للسفينة التي أقلّته من أنطاكية. كلّ شيء كان يحسب له حساباً إلاّ ظهور القراصنة، وليس أيّ قراصنة تنهب السفينة وتمضي؛ بل قراصنة رقيق من أشرس طراز في هذا المجال الحيويّ للقرصنة. يجوبون المياه المحيطة بالقارّة السمراء، محمّلين بغنائم العبوديّة للاتجار بها، في مجالات متعدّدة تبدأ بخدمة البيوت، وتنتهي بتشكيلات الجيوش المرتزقة.

هرمس الصغير، هذا الكاهن الآبق، من رقّ لا يشبه أيّ رقّ، يصطاده القراصنة، مع عشرات الرجال بالقارب الضخم، الذي يقلّهم بعد إقلاعه بوقت قصير، ويباعون لنخّاس عريق،

إذْ لا فائدة منهم إلاّ بالعمل في الأرض، والسوق التي تستقبلهم وبأسعار مجزية هي متطلّبات الإقطاع في جنوبي بلاد الرافدين للعمل في كسح السباخ، ومع الدبّاسين، والتمّارين، والطريق الآمنة، التي ستقودهم إلى هذا الجنوب، الطريق ذاتها التي سلكها المأمون، في سفرته، إلى بلاد الروم.

ستمرّ قافلة العبيد من حرّان حتماً. مؤلّفة من ثلاثة أرتال، وكلّ رتل مؤلّف، من ثلاثة وثلاثين عبداً، وأربعة بغال، ثلاثة منها محمّلة بزاد الرحلة من طعام، والرابع محمّل بكتب يونانيّة منهوبة، يرافقها تاجر صغير يريد بيعها لدار المأمون، لشغفه بترجمة الغريب من الكتب. يحرسهم أربعة رجال أشداء عراة الصدور. يوحي الوشم المنقوش على صدورهم، وأعالي ظهورهم، وأذرعهم أنّهم من سلالة الشيطان. السياط لا تفارق قبضاتهم. الخناجر تتوسّط أحزمتهم. قلوب قاسية تحت أضلاعهم. رؤوسهم الملبّدة بشعر أجعد، لا تفرّق لونه عن سحنة وجوههم، ولحىً قلية الشعر ناعمة لا توحي إلاّ بأنّها لم تُربَّ لغاية ما. أربعة رجال أشداء، منهم عبد واحد تميّزه عنهم بشرته البيضاء. يبدو أنّه من الروم اسمه سنبس الراهب الروميّ، بيع في نهاية الرحلة لرجل من بني شيبان، وصار له شأن ــ حسبما قال المتتبّعون مصير هذه القافلة ــ وأُعتق بعد تعلّمه العربيّة، وحفظه القرآن، وحصل على حريّته، ولقبه الحقيقيّ. كان العبيد الأربعة يحملون محفّة مغطّاة كلّها بستائر من صوفيّة سوداء كالحة. لا يستطيع أحد

أن يرى ما بداخلها؛ هي في الحقيقة تستر تاجر الرقّ العريق. هذا النخّاس مجهول الأصل والحسب والنسب بالنسبة إلى القافلة. يُكتفى بمنحهم بعض الخبز والتمر، وحبّ الزيتون، الذي لا يغني من الجوع.

تمرّ الأيّام بلياليها متشابهة عليهم، إلاّ ما ترى عيونهم الحزينة بذبولها وقهرها، وصدورهم التي تضمر يوماً عن يوم.

كان الوقت ليلاً حين وصلت القافلة إحدى القرى، وخرج بعض الناس يتفرّجون على هذا المشهد الغرائبيّ بالنسبة إليهم. تقف امرأة على سطح بيتها القريب، تكشف عن صدرها، وتدعو لهم بأن يُفكّ عسيرهم. يصرخ بها أحد الحرّاس بلهجة لا تفهمها. تصدر عن بعض العبيد همهمة بلغات مختلفة. يعرف (هرمس) أنّه بين عبيد من جنسيّات ومن مشارب دينيّة مختلفة، ولا يستطيع الكلام مع أحد لينفّس عمّا فيه من ضيق، وتوتّر، ويأس.

تختفي القافلة في عباب الليل. لا أصوات في ذلك الليل الحالك العتمة، إلاّ جلبة ما في أعناق العبيد من سلاسل، وفي أيديهم، وأرجلهم من قيود، وعلى ظهورهم صرر، وفي أحزمتهم أشياء يحملونها، مع جهلهم التامّ ما تحتوي (يظهر فيما بعد أن بضاعة التاجر مزدوجة؛ فهي تتضمن المخدّرات، واللآلئ، والبارود). يمرّ شهر كامل على مسيرتهم مجهولة المصير بالنسبة إليهم.

كانت الأوامر للعبيد ألاّ يتكلّم أحدهم مع الآخر، أو يُلمّح ولو بالتفاتة. يصلون ضفة نهر عريض تتدفّق مياهه مُصدرة خريراً يُتيح لهم أن يكسروا ما بينهم من صمت. يسأل هرمس من على يمينه بهمس عن اسمه، فلم يفهم الرجل السؤال. بدا أنّه لا يعرف لغة هرمس.

يلتفت هرمس إلى الفتى الحنطيّ البشرة على يساره. يسأله عن اسمه، يجيبه بأنّ اسمه أحمد. يقول له هذا الفتى بصوت خفيض. أنصحك ألا تتكلّم معي. ثمّ يكتشف السبب بعد منتصف الليل حيث البرودة اشتدّت، وأمر الحرّاس أن يتوقّفوا، ويلتفوا بشكل دائريّ. يجمع حارسان الحطب، والهشيم، ويجعلانه في قلب الدائرة. يشعل أحدهما النار بها بقصد تدفئة العبيد (أحد حاملي محفّة التاجر يأتي بالحطب والهشيم أيضاً، ويشعل النار قبالة المحفّة لتدفئته) يأمر أحد الحرّاس الفتى أحمد، وفتيان ثلاثة غيره أن يظلّوا بعيدين عن النار (يظهر فيما بعد أنّهم مزوّدون في صررهم، وأحزمتهم بمادة البارود سريعة الاشتعال).

تنتهي حكاية الدفء بعد أقلّ من ساعتين من الزمن. كان للفجر أن يؤذن بقدومه حين غذّوا السير، في عتمة آخر الليل. تصل القافلة مشارف قرية لم يُسمع منها إلاّ بعض نباح كلابها البعيد. يسأل هرمس الفتى أحمد بصوت هامس عمّا يمكن أن يكون سبب أمر الحارس له ألاّ يقتربوا من النار، فيعرف منه أن ذلك بسبب ما يحملونه من البارود.

ينسى هرمس قيود يديه. يحاول أن يتلمّس حزامه المحشوّ بما يجهله، فلم يستطع. يخمّن أن يكون ما هو أخطر من البارود. يتذكّر أنّ الأمر إليه كان، وهم يشدّون حزامه: إيّاك أن ينفرط!

تنقضي أيّام بلياليها أصعب ممّا انقضى. يشعر هرمس بأنّ النسائم، التي تلفح وجهه، والمناظر، التي تراها عيناه، وكلّ مظاهر الحياة، التي يرّون بها مألوفة لديه. يحلّ الليل في بقعة من الأرض يحسب أنّه يعرفها، أو أنّه رآها من قبل. عند منتصف الليل يعبرون المكان، الذي يعرفه جيّداً بتفاصيله. يقول في سرّه: (هذه حرّان، ولن تكذّبني عيناي ما أرى. هذا بيت فلان، وذاك بيت فلان، وتلك السروة أمام بيت فلان). تكون القرية قد نهضت لا بما يراه من أشياء. تهلّل أهلها من كلّ صوب لمشاهدة أوّل قافلة عبيد على مدى حياتهم. كانوا يسمعون بها، ويعرفون من الوافدين، أو من أهلها المسافرين، أو المهاجرين، ما تنطوي عليه مثل هذه القوافل، من عذاب، وذلّ، وقهر لا يليق ببني البشر، ويعرفون في المقابل أنّ العبوديّة مبرّرة، في جميع الأديان، والمذاهب، والأعراف آنذاك

كان بعض الحرّانيّين يحملون سُرج وفوانيس تنير لهم ما حولهم. يمنع الحرّاس الجميع من الاقتراب من العبيد. يحاول أحد الحرّانيّين الاقتراب، فيواجه بسوط من الحارس جعله يصرخ، ويتلوى من الألم، ويسقط أرضاً، ثم ينهض بتثاقل، ويفرّ مبتعداً أكثر من الآخرين.

تأتي ميس حاملة فانوسها متأخّرة عن الجميع، وتلحق بالقافلة دون هيّابة من صراخ الحرّاس عليها. تتأمّل وجوه العبيد الذابلة الذاهلة، ولا يبدو لها إلاّ التماع العيون. يراها هرمس. يعرف أنّها ميس بكلّ جنونها وطيشها حسب وصفه القديم لها. يُشيح بوجهه عنها حين يقترب الفانوس منها. تصرخ: الإله هرمس. يا ذلّك يا هرمس. يا ذلّك يا حرّان!! تسقط تحت سياط الحارس القريب منها، وتغيب عن الوعي. كان قد سمعها الكثيرون، وهي تصرخ: باسم الإله هرمس. حملها أحد الرجال، على كتفيه مسافة قصيرة، وأنزلها، وراحت بعض النسوة تنعشها من غيبوبتها.

تغيب القافلة في عتمة الليل، وتتجدّد الحكايات في حرّان، وما حولها عن الكهنة، عن العبادات، عن المصير المشؤوم، الذي حلّ بهم.

تتشابه الأيّام، والدروب، والمحطّات لدى العبد، وما يحمله أخفّ وطأة من أغلاله. لم يكن عبيد هذا النخّاس قبل اصطيادهم، وشرائهم عبيداً، ليألفوا العبوديّة، والتاجر عريق في مهنته هذه. يعرف كيف تتجدّد طاقاتهم، ليتابعوا مسيرة الألم. كلمة السرّ بينه وبين حرّاسه، أو هم شركاء له على الأرجح، تصفيقه من داخل المحفّة، للاستراحة، وللنوم، وللحذر، وللحريّة المشروطة للعبيد، في أوقات محدّدة، بأن تظلّ أغلالهم على حالها. فقط أن يتكلّموا مع بعضهم بعضاً

ما يشاؤون، وهذه لن تحدث إلاّ بدخول المنطقة الآمنة تماماً من كلّ شيء.

طلع الفجر عليهم عند أطلال بائدة لا يعرف أحد من العبيد هوّيتها. فقط يعرف الدليل، الذي هو أحد الحرّاس. يرتفع قرص الشمس في السماء، مؤذناً بضحوة النهار. تصل القافلة مسيل ماء يسمح للعبيد الاغتسال كيفما اتّفق، والاستراحة، وتناول ما تيسّر من طعام، ثمّ تتابع القافلة مسيرتها عند الظهيرة، في دروب ضيّقة بين تلال ليست بعلوّ يصنّفها في قائمة الجبال. لم تكن التلال وعرة، بل كانت أشبه برؤوس الصلعان بتأثير الرياح، وعوامل الطبيعة الأخرى.

تصل القافلة بعد مسيرة أيّام، منطقة جرداء تماماً من الخضرة، إلاّ من نباتات لا تنبت إلاّ في تربة فقيرة، فقط لم تُسمع إلاّ أصوات الوحوش من بعيد، ولا يُرى إلاّ ما يدبّ على الأرض، من كائنات صحراويّة هزيلة.

لم يكن هرمس الوحيد من يفكّر بما آل إليه وضعه المؤلم. التداعيات لدى الجميع تعدّت الماضي القريب لكلّ منهم دون أدنى شكّ؛ غابت عن وجوههم، حتّى الابتسامات الصفراويّة، وتمكّن الذهول الحزين منها جميعاً. ينظر هرمس نحو الفتى أحمد، ويهزّ رأسه بأسىً نحوه. يريد أن يتحدّث معه، وليس بمقدوره، وهو على هذه الحال. ينكفئ ويتحدّث مع نفسه، ويحاورها، ويجيبها ويلومها ويعاتبها. يغفر لها. يسألها السؤال

المُرّ: هل كنت حرّاً، حين كنت كاهناً؟ لا، لم أكن إلاّ عبداً لما آمنت به، وعبداً لما آمن به من آمنت به. آه منك يا هرمس البابليّ، كم سطوتك شديدة عليّ! ها أنذا وحّدت ربّك الذي في السماوات العلى، وهذا هو مصيري. أتراني؟ أترى ما أحمل؟ أترى قيودي؟ عذابي تميد تحته الجبال يا هرمس البابليّ. كيف انتهيت في أرض النيل، وسُدت عليك حجارة الهرم؟ كم كان لنجومك تأثير عليّ! الشمس؟ لا يمكن أن يكون لها وحدها إله! القمر؟ كذلك سواهما من الكواكب.

ماذا حلّ بزوجتي، وأولادي، وبكلّ الناس الطيّبين الذين حكمتهم، وكنت وصيّاً عليهم. لم أكن وحدي من يقرّر لكم ما تفعلون، أو كيف تعبدون، وتحتفلون بطقوس لم أخترعها أنا لكم، بل جدودي، وجدودكم. (يسكت مونولوجه الداخليّ فترة، ثم يجيل النظر بمن يراهم من صحبه العبيد؛ أو الأصحّ أنصاف العبيد. يبدأ الحديث السريّ الصامت معهم، والذي لا يسمعه أحد منهم) كم على أهليكم أن ينتظروا رجوعكم. كم سيبلغ بهم يأس لا طاقة لهم به. أمّهاتكم، آباؤكم، أقاربكم، أصدقاؤكم، زوجاتكم، حبيباتكم. أعتاب بيوتكم كم يجنّ عليها الانتظار. كم ستيبس ورود في غيابكم. كم ستبلّل الدموع من مناديل. كم سيكون لسواد ألوان الثياب من مرارة. أنا متعب بما أحمل. ربّما تعبكم أشدّ مضاضة، وقد لا تؤلمني أغلالي كما تؤلمكم، ولا تفكّرون بي كما أفكّر بكم. كلّنا وقعنا في الفخّ. الفخاخ منصوبة في كلّ مكان (يصفّق النخّاس في المحفّة. ينتبه

الجميع) يقول أحد الحرّاس كلاماً بلهجة الأمر، بلغة غير لغة هرمس، فلم يفهم منه شيء. يرى كلّ من حوله قد توقّف، واستعدّ لما هو غير متوقّع. يخرج النخّاس من المحفّة. يسير متفقّداً الجميع فرداً فرداً. يتأمّل وجوههم. يمعن النظر فيها جيّداً. يقف أمام هرمس. يسأله عن اسمه. يقول له متلجلجاً من شدّة الخوف: هرمس، وهرمس هو اسمه الكهنوتيّ، وليس اسمه الحقيقيّ. يعود إلى صوابه، ويتدارك الأمر، ويخبره عن اسمه الأصليّ. يجيبه النخّاس بصلف أنّك ذكرت هرمس قبل ذلك. يعتذر بأنّه كان شارداً، ولم يستطع التركيز. يقترب منه أكثر. يلكمه على رأسه: انفض هذه البطيخة القرعاء. أمامك مشوار طويل. ستُباع بسعر بخس، لو بقيت على هذه الحال! يتحوّل إلى الفتى أحمد. يتلمّس ذقنه. يبتسم في وجهه: سأجعلك غلامي يا فتى. أنت لست للبيع. لن تتعب بعد هذه الرحلة. لن تُقيّد بعدها. يبتسم الفتى فرحاً بهذه الوعد. يعود التاجر إلى محفّته. يقف أمامها منتصراً.

يصفق النخّاس. ينتبه الجميع، وتقلع القافلة متابعة درب الآلام. يتغيّر وجه الطبيعة بعد نهارين، وليلتين. يطلّ الاخضرار، ورائحة الماء، ورطوبة الجوّ. تدخل القافلة منطقة الأمان. تعبر قرى فقيرة لم يدفع الفضول ساكنيها القلائل لمشاهدتها عن كثب؛ ربّما لأنّها تعوّدت على رؤية قوافل التجّار، وقوافل الرقّ من قبل؛ ثمّ تمرّ في بلدة مزدهرة إلى حدّ ما، تواجهها سواقٍ عريضة سماكة مياهها لا تتعدّى كواحل

الأرجل. تقطعها القافلة. يشعر الجميع بالانتعاش، حتّى البغال المحمّلة توقّفت، وعبّت تشرب الماء، وتخوّض فيه معبّرة عن انشراحها رغم ما نالها من تعب.

أجمل استراحة للقافلة كانت بعد مسير ليل في منطقة حقول خضراء، وأشجار فاكهة متنوّعة، الباسق منها شجر النخيل النامي على الريّ.

عيون العبيد شاخصة مع المحفّة، وآذانهم صاغية، على انتظار تصفيق النخّاس للتوقّف، في هذه الأمكنة للاستراحة. لم تخب ظنونهم. يُعطي النخّاس أوامره للجميع، عند وصولهم إلى واحة ظليلة، أن يأخذوا حريّتهم بالكلام الذي يشاؤون مع بعضهم بعضاً دون أيّ حرج، وهو يعلم علم اليقين ما الكلام الذي يدور، والأغلال في الأيدي، والأعناق.

يأخذ هؤلاء العبيد حريّة مشروطة بعبوديّة. يؤلم هرمس (بصورته الراسخة بالقيود) ما سمعه من النخّاس، وهو يخاطب الفتى أحمد متغزّلاً به، والفتى تفرحه الوظيفة الجديدة الموعودة. يؤلم هرمس انتقال هذا الفتى، إلى جحيم آخر، وتحوّله كبديل جنسي عمّا أوجدته الطبيعة من إناث للذكورة، في جميع الكائنات. ينفرد هرمس بالفتى أحمد، في إطار الحريّة، التي يمنحها المال الحرام للبشر كي يظلّوا عبيداً. يقتعدان التراب البكر. يحار هرمس كيف سيبدأ معه الحديث. أيسأل، أم يطلب من الفتى أن يسأل؟ يبتسم لأحمد. يبادله

أحمد الابتسامة. يسأله:

— بمَ تفكّر يا أحمد؟

— (يبتسم) متى سنصل؟

— إلى أين تعتقد سنصل؟ (يقول في سرّه) لا يدري المسكين أنّه لن يرتاح. لا فائدة من أن أحدّثه عن شيء؛ فهو لا يعرف إلّا أنّ الشمس أشرقت من جديد، والقمر ينير عتمة الليل، والماء ليشرب، والطعام ليأكل، وحين ينعس سينام، لا يعرف أيّ معنى لوجوده. ليته يعرف الله ليحمده على ما هو فيه؛ هو ليس مثلي يتألّم. خُلقت وديني ومعبودي معي، ودون إرادتي. وُلدت كما يُولد سوايَ من أب وأمّ تشغلهما غريزتهما أكثر من أيّ شيء آخر. (يُحدّق أحمد فيه كأبله. يتمنّى هرمس أن يقول أحمد، ولو كلمة. يتداعى لهرمس اسم أحمد. يستمرّ المونولوج في رأسه على وجه آخر) نتّفق معاً يا أحمد بتجلّيات اسمينا. اسم تحمله النبوّة، ويحمله عبد يجلس قبالتي لا يعي ماذا يحدث، في هذه الدنيا. أحمد الذي أوصلني إلى هنا، يقابله هذا الأحمد الأبله. (يبتسم هرمس في وجه أحمد بحنان) من أعطاك اسمك يا أحمد؟ لا شكّ هو اسم جدّك لأبيك، او جدّك لأمّك، وأنت لا تعرف من هما. أنت خُلقت دون إله تعبده، ودون نجوم ترعاك، ودون نبيّ، ودون كهنة، ودون إمام، ودون فقيه، ودون من يرفع يديك إلى السماء كي تعدّ النجوم، وكي تبتهل لكواكب لا تعرف عنها

شيئاً، سوى ما قالته الكتب. إلامَ سأظلّ أحلم بالبعيد الذي لا يقترب، ويمنعني شيطان الرقّ، المال، من الوصول إليه.

(يغفو هرمس، وهو مستغرق في أحلام وتداعيات يقظة محمومة، لينهض على تصفيق التاجر لتستعد القافلة للمسير)

يحدث ما هو متوقّع، وغير متوقّع، في ذلك الزمان، وكما في كلّ الأزمنة. تُهاجَم القافلة من قبل لصوص ملثّمين، ومسلّحين، يسطون على القافلة. يُقتل النخّاس، وتاجر الكتب، ويستسلم الحرّاس الآخرون.

تتابع القافلة سيرها بقيادة جديدة. تُواجه في طريقها جند أمير المؤمنين الجديد إسحق محمد المعتصم بالله، بعد وفاة المأمون في طرسوس مباشرة. ينتقي الجند عدداً من العبيد، وبينهم الفتيان الأربعة، ويدفعون ثمناً باهظاً للتاجر.

يحلّ الظلام، ويتابع ما تبقّى من القافلة المسير. بدت عند منتصف الليل أنوار باهتة يبدو أنّها تشعّ من قرية قريبة. تستفيق كلاب القرية، على جلبة القافلة. تقترب منها، وهي تنبح. نباحها يتصاعد. تقترب أكثر. تنبح، وتنبح، وقافلة النخّاس تتابع السير!

*

المؤلف

حسين ورور (1941/12/10) المعروف بالأديب الخياط، ولد لأسرة فلاحية* في ريف دمشق. بعد أن أنهى دراسته الابتدائية، انتقل إلى مدينة دمشق عام 1952 ليبدأ مشواره في مهنة الخياطة، وقد تعلمها على يد الخياط الأرمني (وهرام شهبندريان) (في سوق الخجا بدمشق).

وبعد أن أتقن مهنة الخياطة، اشتغل عاملاً في عدة معامل للألبسة الجاهزة، إلى جانب شغفه بالكتب والكتابة في عمر مبكر؛ حيث كان ينفق ما يجنيه من عمله لشراء كتب وصحف ومجلات ثقافية.

نُشرت أول تجربة شعرية له في مجلة الموعد اللبنانية عام 1955 وهو في عمر الرابعة عشرة.

وفي عام 1974 انتقل إلى مدينة السويداء في الجنوب السوري للعمل في الخياطة. وهناك، وبعد أربعة أعوام، أي في العام 1979، ساهم في تأسيس تجمّع أدبيّ، أقيمت فيه الكثير من الفعاليّات الثقافيّة، واستضاف أدباء ومثقفين سوريّين وعرباً، منهم الشاعر المهجريّ زكي قنصل، والأديب محمد محفوظ عمر رئيس رابطة كتاب اليمن في حينه، وغيرهما.

انتقل من السويداء إلى دمشق، وعاش فيها لمدة ثماني سنوات، ثم عاد إلى مدينة شهبا عام 2003م، ولا يزال مستقرّاً فيها حتّى الآن.

تعرّض أرشيفه الأدبي والصحفي والفوتوغرافي للتلف مرّتين، كانت المرة الأخيرة في عام 1996 ولم يتبقَّ منه شيء.

أما ماكينة الخياطة، حبيبته الثانية التي من قبيلة الحديد، فيقول فيها:

"تتركني كلّ ليلة مع مواجع الندم والفقد والغياب. ماكينتي الآن تئزّ كنحلة عسلها مرّ. دخلت الروح ملاكاً، وخرجت مستحاثة، ككلّ الأشياء التي نستهلك، ولم نستطع أن نبدع الشبيه، أو البديل. أحبَّها الطفل الذي كنته ذات يوم، وعلّمته لعبة الكرّ والفرّ، مع المال والرجال والنساء. أمّا القلم رفيق الدرب، فإنّي أسند به جدران روحي كلّما مالت، وكلّما هدّدتها العواصف، وعكّازي الذي أتوكّأ عليه ليصلني بأصدقاء لم يبيعوا أقلامهم، ولم يكسروها، وأصدقاء يرى القلبُ وجوههم، وأصدقاء تركوا خلفهم رؤاهم وأحلامهم، وآثار أقدام في عالم يعادي البهجة والمسرّة".

• في الصحافة:

-عمل محرّراً في صحيفة محليّة سوريّة لمدة سنتين ما بين أيلول 1969م و1972م.

-عمل مراسلاً لجريدة الأنباء الكويتية أوائل تسعينيّات القرن الماضي.

-عضو في هيئة تحرير مجلة رومانسيّة كانت تصدر في دبي أوائل تسعينيّات القرن الماضي.

-كتب زاوية (حديث الصباح) كلّ يوم أحد من أيّام الأسبوع في صحيفة البعث السورية على مدار عام 1971..

نشر قصائد وقصصاً ومقالات في صحف سورية وعربية معروفة في الكويت والشارقة والمغرب وبيروت ودبي.

• في المسرح:

-أورفيوس (صادرة عن وزارة الثقافة السورية).

-إصابة عمل: مُثلت على مسارح السويداء.

في الرواية:

-باب العبيد. منشورات الهيئة العامة للكتاب بدمشق.

-قابيل السوري/ الرواية الفائزة بالمرتبة الأولى في جائزة دمشق للرواية العربية.

-بنات اليانسون

-طيور الغفلة

-مخاطيف أخناتون

• في الشعر:

-إنانا (تشكيل ملحمي) عن اتحاد الكتاب العرب بدمشق عام 1997م.

-علا وحارس الماء ــ عن وزارة الثقافة السورية عام 2002م.

-تجليات طائر الفينيق

-مواويل في فضاء أصمّ

-أتي بكلّ غيومها

-زرقاء البرّ الضبابيّ

- **في النقد:**

-الطيف في الفضاء الروائي ــ قراءة نقديّة لرواية (خاتم) للروائية السعوديّة رجاء عالم.

- **في النصوص:**

رومنسيات لمارثيا- عن مطبعة دار الحياة بدمشق عام 2015م.

خارج الأجناس:

-أوراق لا تحترق

-أوراق خياط

- **في الدراما التلفزيونيّة:**

-الحياة تبدأ غداً

-شجرة المحبة

- **في الدراما الإذاعية**

(أكثر من عشرين عملاً) في ثمانينيّات القرن الماضي، منها:

-الورد والهالوك

-لعبة الإرث

-بائع السكاكر

-ساطعة كالشمس

-مالفا

-جراح الغربة

-عطا الكسّار

-الزوّادة

• الجوائز الأدبية:

-المرتبة الأولى في جائزة دمشق للرواية العربية عن رواية قابيل السوري عام 2016م.

-المرتبة الأولى في مسابقة القصة القصيرة في سورية عن قصة (نزيل قصر النمّارة) عام 1988م.

-المرتبة الأولى في مسابقة القصة القصيرة في سورية عن قصة (فتاة حيّ الورد) عام 1992م.

-الجائزة الثالثة في القصة القصيرة /النادي العربي الأرمني في حلب/ عن قصة (حرائق صغيرة)، ونشرت مع الأعمال الفائزة في كتاب بإصدار النادي تحت عنوان: (أغنيات حبّ إلى أرارات) في تسعينيّات القرن الماضي.

***

KHAYAT